좀비보험

한제이 지음

느린숲

좀비보험

한제이 지음

차례

내게 와줘   7

우리 마을로 오세요   119

좀비 마라톤   141

작가 후기   199

Episode 01

내게 와줘

3년에 걸친 팬데믹이 끝나고 나자 비대면 시대가 시작되고 <광범위성 중독 증후군>이 유행한다. 보험설계사인 제니는 증후군 환자를 겨냥한 보험 상품인, 일명 <좀비 보험>을 만들 계획을 세우고 대면 시대의 보험왕이었던 한철규를 팀원으로 영입한다. 둘은 <좀비 보험>의 정식 출시를 위한 시험 판매에 나서고 그 과정에서 다양한 환자들을 만나게 되는데....

내게 와줘

Prologue

현관문이 활짝 열려 있었다. 문 앞에 선 철규가 안쪽에다 대고 외쳤다.
"계세요?"
뒤따라온 제니가 눈짓으로 무슨 일이냐고 물었다. 철규가 의아하다는 표정으로 말했다.
"문이 열려 있네요."
"문이요?"
제니가 안을 들여다보려는 순간 화려한 드레스 차림의 여자가 나타났다. 스커트가 종 모양으로 크게 부푼 드레스였다. 성인 둘은 너끈히 몸을 숨겨도 될 만큼 커 보였다. 푸른빛이 도는 새틴 천 위로는 화려한 꽃 문양이 수놓였고, 밑단과 소매 끝, 깊고 넓게 파인 목선을 따라 그보다 더 화려한 문양의 레이스가 덧대어져 있었다. 여자의 옷차림에 놀란 철규와 제니는 아무 말도 하지 못하고 서 있기만 했다. 여자가 반기듯 현관으로 내려서며 쾌활하게 말했다.
"들어오세요."
평소라면 인사가 채 끝나기도 전에 알아서 안으로 들어섰을 철규였다. 혹시라도 고객의 마음이 바뀔까 봐 조바심내면서. 사근사근한 말투로 오는 길에 보았던 풍경이나 날씨 따위를 얘기하기도 했을 테다. 고객의 경계심을 풀고 계약의 초석을 두려고. 그의 말에 보이는 고객의 반응, 눈빛, 말투, 행동거지 등으로 고객의 성향을 가늠해 보려는 의도도 있었다. 짧은 순간에 스치듯 얻은 정보만으로도 철규는 고객이 어떤 사람인지 직관적으로 파악할 수 있다고 믿었다. 하지만 이번에는 그러지 못했다. 눈앞의 여자를 아무리 봐도 아무것도 떠오르지 않았다. 무슨 말을 해야 할지조차 알 수 없었다.

철규가 고개를 돌려 제니를 쳐다보았다. 도움을 바라는 눈빛이었다. 하지만 제니는 말없이 여자를 바라보고만 있을 뿐이었다. 여느 때와 다름없이 관찰하는 눈빛이었다. 여자의 옷차림에 놀랐던 마음도 이미 사라지고 없는 듯했다.

둘이 가만히 서 있자 여자가 대뜸 문밖으로 나왔다. 신도 신지 않은 채였다. 철규와 제니는 얼떨결에 옆으로 비켜섰다. 아랑곳하지 않고 둘 사이를 지나친 여자가 현관문 손잡이를 잡고 끌어당겼다. 닫히는 문에 떠밀려 철규와 제니는 현관문 안쪽으로 들어서야만 했다. 금세 셋이 현관에 비좁게 붙어 선 꼴이 되었다. 여자의 드레스가 현관을 가득 채웠다. 제니는 드레스가 자신을 집어삼킬 것 같다고 느꼈다. 문이 닫히자마자 여자가 말했다.

"오래 기다렸어요."

제니는 여자의 얼굴을 재빠르게 훑었다. 여자의 얼굴이 아주 가까이에 있었다. 짙은 화장이 주름을 따라 여기저기 갈라진 게 보였다. 화장한 지가 한참 된 것 같았다. 적어도 반나절 전, 어쩌면 하루이틀 전. 입술에는 보랏빛이 감돌았는데 제니로서는 생전 처음 보는 색이었다.

제니는 이상하게도 현기증을 느꼈다. 어렸을 때 엄마에게 끌려갔던 낡은 건물에서 6인승 승강기를 탔을 때 말고는 이렇게 비좁은 공간에서 타인과 함께 있어 보기는 처음이었다. 철규가 여자에게 인사했다.

"안녕하세요. 한철규입니다. 기다리게 해드려서 죄송합니다."
말을 마친 철규가 팔꿈치로 툭, 제니를 쳤다. 제니가 말했다.

"제니예요."
여자는 철규와 제니의 말은 흘려들은 듯 자기 할 말만 했다.

"오랜만에 청소도 하고 화병에 꽃도 꽂고, 화장까지 했어요."
현관 중문을 연 여자가 둘 사이를 밀치듯 가르며 집 안으로 들어섰다. 제니는 여자의 목에 매인 분홍색 리본을 보았다. 여자와 마주 보고 섰을 때는 보이지 않던 것이었다. 여자가 리본을 뒤로 매고 있었기 때문이다. 코사지 보우로 묶인 그 리본을 보는 순간 제니의 머릿속에 퐁파두르의 초상화가 떠올랐다. 언젠가 나나가 보여주었던 그림. 나나는 그 18세기 프랑스 궁정 여인의 초상화를 한동안 자기 SNS 계정의 프로필로 삼았었다. 당시 나나가 늘 하던 말은 이것이었다.

"언젠가 살롱을 만들면 난 거기서 드레스를 입고 있을 거야."
제니는 비로소 여자가 입은 드레스가 뭔지를 깨달았다. 18세기 프랑스의 살롱에서 여자들이 즐겨 입었다던 드레스. 로코코 양식을 대변하는 옷.

"이게 대체 무슨 냄새죠?"
옛 기억에 빠져 있던 제니에게 철규가 속삭였다. 정신을 차린 제니의 눈에 주방 찬장에서 무언가를 분주히 꺼내는 여자의 모습이 들어왔다. 제니가 철규를 바라보며 "냄새요?" 하고 되물었다. 그 순간 코끝으로 자극적인 향이 확 끼쳤다. 꼭 싸구려 향수를 공중에 통째로 부어놓은 것 같았다. 제니가 얼굴을 찌푸렸다. 철규가 또 한 번 속삭였다.

"봤어요? 눈?"

"눈?"

"처음엔 드레스 때문에 눈치 못 챘는데 다시 보니 이상해요."

"뭐가요?"

"빨개요."

철규는 며칠간 한숨도 자지 않은 사람처럼 여자의 눈이 충혈돼 있다고 말했다. 제니는 철규의 말을 대수롭지 않게 받아들였다.

"밤새 게임이라도 했나 보죠. 잘됐네요."

제니는 여자가 게임에 중독된 것으로 짐작했다. 짐작이 맞는다면 그건 좋은 신호였다. 중독이 더 심해지면 어떻게 되는지를 실감 나게 묘사해 주기만 하면 되니까. 먹지도, 자지도 않고 시체처럼 게임만 하다가 말라 죽을 거라고 겁을 주고는 늘 챙겨 다니는 환자 사진을 꺼내서 보여주면 쉽게 넘어올 것이다. 제니가 말했다.

"이제 이해가 되네요. 요새 유행하는 게임 중에 저런 드레스 입고 나오는 게 있나요?"

철규가 고개를 저으며 대꾸했다.

"제가 잘 알아요. 저건 밤새 게임을 한다고 해서 되는 눈이 아니에요."

철규가 말을 이었다.

"그리고 중독자 중에 저런 사람 본 적 있어요? 집 밖까지 나와서 반겨주고, 차를 내오겠다고 소란 떨고?"

제니도 그 점이 의아하긴 했다. 팬데믹 이후로 누군가가 아무런 경계심 없이 낯선 이를 맞이하고 대하는 모습을 보는 건 처음이었다. 심지어 여자는 보험에 관심이 있다고 먼저 연락해 왔다. 지난 석 달간 홍보 메일을 받지도 않은 고객이 먼저 연락해온 적은 단 한 번도 없었다. 그랬기에 제니와 철규는 몹시 놀랐다. 한편으론 기대감에 부풀어 오르기도 했다. 벌써 새 상품에 대한 입소문이 돌고 있는 건가, 하고 생각하면서. 만약 여자가 보험에 가입한다면 정확히 50번째 가입자였다. 철규는 이번 계약에 성공하면 작은 파티라도 열자고 말할 생각이었다. 미심쩍은 표정을 짓던 제니가 가방에서 업무용 태블릿을 꺼내 여자의 문서를 화면에 띄웠다. 문서 한쪽을 가리키며 말했다.

"아무래도 아들 때문인 것 같은데요."

제니는 여자가 자기 아들을 보험에 가입시키려는 속셈일 거라고 어림짐작했다. 자기가 가입할 것처럼 속인 건 아들이 이미 심각한 중독 상태에 빠졌기 때문일 가능성이 컸다.

"떼라도 써보겠다는 걸까요?"

철규가 이맛살을 찌푸리며 말했다. 둘은 그런 고객들을 이미 몇 차례 만나 보았다. 자기 애는 아직 정상이니 계약 못 할 이유가 없다고, 지금 우리 애를 환자 취급하는 거냐고 화를 내던 이들. 철규가 여자 쪽을 힐끗 보며 말했다.

"설마 우리한테 잘 보이려고 저렇게 입은 거...?"

"글쎄요."

"어떡할까요?"

철규가 물었다. 제니가 신중한 목소리로 대답했다.

"상태를 봐야겠죠."

"이대로라면 안 봐도 뻔하지 않겠어요?"

그들이 팔려는 건 '광범위성 중독 증후군 보장 보험'이었다. 가입하려면 중독증 검사를 받아 수치가 일정 수준 이하가 나와야만 했다. 만약 둘의 추측대로 계약자가 여자가 아니라 그의 아들이고, 그가 이미 심각한 중독 상태에 빠진 것이라면 여자는 검사를 거절할 게 뻔했다. 갖은 이유를 대며.

철규는 대면 시대에 자신과 계약을 맺었던 수많은 사람을 떠올렸다. 대개는 선량했지만 때로는 비상식적인 이들도 있었다. 웃는 얼굴로 계약을 맺고선 바로 다음 날 회사로 전화해 불완전판매라며 민원을 넣는 사람, 보험을 들어줄 테니 무얼 주겠냐고 묻는 사람, 심지어 보험금을 대신 내달라는 사람까지. 그런 일을 여러 차례 겪고 나서 철규는 한 가지 사실을 깨달았다. 처음 보았을 때 감이 좋지 않은 사람과는 무슨 이유를 대서든지 계약을 하지 말아야 한다는 것. 여자는 현관에서 마주쳤을 때부터 지금까지 내내 감이 좋지 않았다. 붕 떠 있는 듯한 행동과 말투, 이상한 복장, 집안 가득 풍기는 이상한 냄새. 게다가 충혈된 눈까지. 그들이 계약을 거절했을 때 여자가 어떤 행동을 보일는지도 예측할 수 없었다.

"너무 설레서 요 며칠 잠을 못 잤지 뭐예요."

쟁반에 찻잔과 찻주전자를 받쳐 들고 온 여자가 철규와 제니의 맞은편에 앉으며 말했다.

"설레셨다고요?"

철규가 의아하다는 듯 물었다. 여자가 답했다.

"네. 얼마나 설렜는지."

이번에는 제니가 물었다.

"뭐가요?"

여자가 웃으며 제니와 철규 앞에 찻잔을 하나씩 내려놓았다.

"그야 오신다니까."

그렇게 말하며 여자는 찻잔에 차를 따랐다. 이상하게 차에서는 아무런 향도 나지 않았다. 제니는 원래 향이 없는 차인지 아니면 집 안에 가득 찬 이상한 냄새 때문인지 분간할 수 없었다. 차를 다 따른 여자가 말했다.

"기다리다가 미치는 줄 알았어요."

여자는 해맑게 웃고 있었다. 철규가 여자의 눈을 바라보았다. 조금 전보다 더 붉어 보였다. 이제는 거의 거멓다고 해도 좋을 정도였다. 감이, 정말로, 좋지 않다. 기억을 아무리 되짚어 봐도 이 정도로 감이 안 좋았던 적은 단 한 번도 없었다. 철규가 여자에게 조심스레 물었다.

"실례지만 화장실 좀 쓸 수 있을까요? 급히 오느라 화장실에도 못 들렀네요."

거절할 줄 알면서 한 질문이었다. 팬데믹 이후로 타인의 집에서 화장실 사용은 암묵적으로 금지되었다. 타인을 집 안으로 들이는 것조차 드문 일이었고, 불가피해서 안으로 들였다고 해도 들어온 이는 집주인이 처음 안내한 곳에만 머물러야 했다. 이것은 일종의 관습법이었다. 실효법보다 더 강한 힘을 발휘하는. 그러니 화장실을 사용하겠다는 요청은 심한 결례이자 집주인에게 손님을 내쫓을 명분이 되는 일이었다. 철규는 여자가 거절하면 그 핑계로 제니와 함께 밖으로 나갈 생각이었다. 제니의 차에 있는 소변 처리기를 쓰겠다고 말하고선. 하지만 철규의 예상은 빗나갔다.

"저쪽이에요."

여자는 얼른 다녀오라는 듯 손가락으로 거실 한편을 가리키며 말했다. 왜 여태 참고 있었느냐고 걱정까지 해주었다. 철규가 엉거주춤 자리에서 일어서려는데 제니가 철규의 손을 잡으며 말했다.

"저부터 다녀오면 안 될까요? 오는 내내 참았거든요."

철규가 놀란 눈으로 제니를 바라보았다. 여자가 호들갑을 떨며 말했다.

"그러세요. 레이디 퍼스트!"

말을 마친 여자가 깔깔대며 웃었다.

"어쩜, 이 말을 얼마 만에 해보는 건지."

뭐가 그리 웃긴지 여자는 이제 눈물까지 흘리고 있었다. 눈물이 흐른 길을 따라 마스카라가 번졌다.

제니는 화장실로 들어가기 전에 철규를 슬쩍 돌아보았다. 철규는 제니가 조금 전 몰래 손에 쥐여준 차 키를 만지작거리고 있었다. 제니가 말했다.

"아 참, 파우치! 매니저님, 죄송한데 차에서 좀 가져다주시겠어요? 조수석 글로브박스 안에 있어요."

철규가 알겠다고 대답했다. 제니가 오른손 검지로 슬쩍 자기 왼쪽 손목을 톡 쳤다. 메시지를 확인하라는 뜻이었다. 철규가 눈빛으로 알겠다는 신호를 보냈다. 제니가 화장실 안으로 들어가자 철규가 자리에서 일어서며 말했다.

"잠시 나갔다 오겠습니다."

그러자 여자도 덩달아 벌떡 일어서며 물었다.

"방광염에 걸린 적 있나요?"

"네?"

"참으면 안 돼요. 뭐든 참으면 병이 되는 거예요."
여자가 또다시 깔깔대며 웃기 시작했다. 철규가 당황한 말투로 말했다.
"그게 갑자기 무슨 소리이신지..."
돌연 웃음을 멈춘 여자가 철규를 쳐다보며 말했다.
"참으면 안 된다고요."
철규는 여자의 기색이 바뀐 것을 느꼈다. 갑자기 넋이 나간 듯 보였다.
"저는 잠시 차에 좀..."
철규가 여자를 지나쳐 현관 쪽으로 가려던 찰나, 제니가 비명을 지르며 화장실 문을 박차고 나오면서 철규에게 외쳤다.
"차 키! 차 키!"
그러고는 현관 쪽으로 뛰기 시작했다. 철규가 당황하며 제니를 따라 나가려는데 여자가 철규의 손목을 잡았다. 철규가 돌아보았을 때는 여자의 얼굴이 바로 철규의 코앞에 와 있었다. 입을 벌린 채였다. 철규는 깜짝 놀라 여자를 밀쳤다. 여자가 바닥에 나동그라졌다. 몸이 나뒹구는 순간에도 시선은 똑바로 철규를 향했고 입도 여전히 벌린 채였다. 철규는 여자가 자신을 물려고 했다는 것을 본능적으로 깨달았다. 철규가 밖으로 뛰어나왔을 때 제니는 자기 차 문손잡이를 헛되이 잡아당기고 있었다. 자기가 차 키를 가지고 있지 않다는 것을 그새 잊은 모양이었다. 철규는 제니가 그토록 당황한 모습은 처음이었다. 철규가 제니에게 소리쳐 물었다.
"대체 무슨 일이죠? 방금 저 여자가 절 물려고 했는데."
제니가 철규 쪽을 보자마자 새파랗게 질린 얼굴로 도로 쪽을 향해 뛰었다. 철규가 뒤를 돌아보자 여자가 맹렬한 기세로 자신을 향해 뛰어오는 게 보였다. 철규도 제니를 뒤쫓아 뛰기 시작했다.

여자는 단거리 육상선수처럼 뛰었다. 드레스는 전혀 문제가 되지 않는 것 같았다. 제니와 철규는 순식간에 따라잡혔다. 여자의 숨소리가 그들 바로 뒤에서 느껴졌다. 그건 달리느라 호흡이 가빠져서 나는 숨소리가 아니었다. 폐에서부터 끓어올라 저절로 내뱉어진 소리였다. 여자의 손끝이 제니의 목에 닿았다. 날카로운 감촉이 느껴졌다. 제니가 비명을 지르며 몸을 털어냈다. 그 순간 여자가 앞으로 고꾸라졌다. 드레스 자락이 길가 벤치에 걸린 것이었다. 바닥에 쓸린 여자의 얼굴은 피투성이였다. 그런데도 여자는 아무런 고통도 느끼지 않는 것처럼 다시 벌떡 일어나더니 계속 그들의 뒤를 쫓았다. 다리를 절뚝이느라 전보다 속력은 느려졌지만, 기세만큼은 여전히 맹렬했다. 찢긴 드레스 자락이 뒤로 흩날리며 감춰졌던 여자의 발이 드러났다. 맨발이었다.

몇백 미터 앞에 어렴풋이 경찰서가 보였다. 철규와 제니는 그쪽을 향해 전력으로 뛰었다. 얼마 안 가 철규는 숨이 턱 끝까지 차올라 더는 뛸 수 없을 것 같았다. 철규가 길바닥에 주저앉았다. 앞서가던 제니가 깜짝 놀라 멈춰 섰다.

"뭐 하시는 거예요! 얼른 일어나요!"

철규는 숨을 헐떡이며 먼저 가라고 손짓을 했다. 몇십 미터 뒤에서 여자가 달려오는 게 보였다. 여자는 인도를 놔두고 도로 한복판을 달리고 있었다.

"조금만 기다려요!"

제니가 그렇게 외치고선 경찰서 쪽으로 뛰기 시작했다. 철규는 앉은 채로 주변에 무기가 될 만한 게 없는지 살폈다. 마땅한 걸 찾을 수 없었다. 하는 수 없이 가로수 밑에서 작은 돌을 주워들고 근처 골목으로 들어갔다. 여자가 오면 머리통이라도 내리칠 작정이었다. 하지만 여자는 철규가 있는 곳을 그대로 지나쳐서 앞으로 내달렸다. 곧이어 자동차가 급정거하는 소리가 들렸다. 다급히 골목 밖으로 나가 보니 트럭에 받힌 여자가 도로에 널브러져 있었다. 제니는 멀찍이 서서 숨을 헐떡이며 여자를 쳐다보고 있었다. 철규가 제니에게 다가가서 물었다.

"어떻게 된 거예요?"
제니가 넋이 나간 표정으로 대답했다.

"빨간불이었는데…"
트럭에서 내린 남자가 망연한 표정으로 여자를 바라보며 어쩔 줄 몰라 했다. 그러다 철규와 눈이 마주쳤다. 철규가 일단 119에 전화하라고 말하고 있을 때 제니가 중얼거렸다.

"얼굴이 없었어요."
제니의 말을 못 알아들은 철규가 물었다.

"뭐라고요?"

"손도, 발도 없었어요."
철규가 그게 무슨 소리냐는 듯 제니를 쳐다보았다.

"화장실 욕조에 시체가… 얼굴도, 손도, 발도 다 없었어요."
말을 마친 제니가 구역질을 했다. 철규가 등을 두드려 주고 있을 때 남자의 비명이 들려왔다. 철규와 제니가 남자 쪽으로 고개를 돌렸다. 도로에 널브러졌던 여자가 고개를 갸우뚱거렸다. 이내 고개를 바로 잡은 여자가 천천히 철규와 제니 쪽으로 기어오기 시작했다. 하반신이 완전히 으깨진 채로, 한쪽 팔로만 바닥을 짚어가며.

1

'휴먼 라이프'는 19세기 후반 설립된 미국의 거대 금융그룹 '휴먼(Huemon)'이 20세기 초 설립한 생명보험사다. 설립 당시 회장은 휴먼 라이프의 이름을 모회사인 휴먼(huemon)을 따르지 말고 'human'으로 하라고 지시했다. 그것은 인간을 최우선 가치로 삼겠다는 일종의 선언이었다. 샌프란시스코 대지진과 타이타닉 침몰로 인한 인명 및 물적 피해 보상에 적극적으로 나서며 사람들의 마음을 훔친 휴먼 라이프는 급격히 성장했고, 20세기 중반에 이르러서는 전 세계에 지사를 설립하며 업계 1위에 올라섰다.

휴먼 라이프의 한국 지사는 1990년 초에 설립됐다. 하지만 세계 1위의 생명보험사답지 않게 한국에서는 이십 년 넘도록 업계 중하위권을 벗어나지 못했다. 그러던 것이 팬데믹을 거치며 달라졌다. 한국 지사에서 세계 최초의 '정신보험'이라 할 수 있는 '우울증 보장 보험'을 출시했는데 '무배당 블루1090'이란 이름을 달고 나온 이 상품이 큰 성공을 거두었기 때문이다. 다른 회사들이 뒤늦게 비슷한 상품을 출시하며 시장에 뛰어들었으나 한 번 앞서 나간 휴먼 라이프는 고삐를 늦추지 않았다. 휴먼 라이프 한국 지사는 단숨에 업계 2위로 올라섰다.

박한철은 휴먼 라이프 한국 지사 건물에 들어서자마자 11층 사무실로 향했다. 월례 대면 회의 때를 빼고 그가 사무실에 들르는 건 이례적인 일이었다. 직원들은 모두 재택근무를 했고 보험 계약도 거의 온라인으로 이루어졌다. 사실상 대면 회의가 있는 날을 빼곤 사무실이 거의 비어 있다고 보아야 했다. 파견직 직원 셋만 상주하면서 사무실을 지킬뿐이었다. 둘은 사무 대기 인원이었고 나머지 하나는 경비원이었다.

그런 곳에 얼마 전부터 한철규가 나오기 시작했다. 철규는 자기 자리에 앉아 서류를 뒤적이며 여기저기 전화를 돌렸다. 전화는 대개 연결되지 않았고 연결되었다고 해도 곧장 끊어지기 일쑤였다. 그런데도 철규는 끈질기게 전화했다. 마치 전화만이 자신을 살려줄 것처럼. 오로지 그것만이 진짜라는 듯이.

철규가 고객 목록을 뒤지고 있을 때 형준이 뒤에서 불렀다.

"야, 한철규!"

철규가 귀찮다는 듯이 대꾸했다.

"아, 진짜 오셨네. 오지 말라니깐."

"잔말 말고 회의실로 따라와."

회의실로 들어간 형준은 곧장 멸균기를 켰다. 공조 시스템이 돌아가는 소리가 회의실을 가득 채웠다. 뒤따라온 철규가 투덜거렸다.

"끕시다. 시끄럽게."

"끄긴 뭘 꺼?"

"거 참. 우리끼리인데."

"됐고. 너 제니 알지?"

철규는 물론 제니를 알았다. 아주 잘. 최근 몇 년 사이 보험 업계의 상징이 된 인물이자 '정신보험' 상품을 최초로 제안한 사람이 바로 제니였다.

제니는 팬데믹이 터지기 일 년 전쯤 회사에 '정신보험' 상품을 개발해 달라는 제안서를 냈다. 한데 그건 단순한 제안서가 아니었다. 정신 질환 보장 상품을 만들었을 때 맞닥뜨리게 될 여러 문제에 관한 예측과 그 해결방안까지 담긴 하나의 비전이었다. 당시 갓 부임했던 새로운 사장은 대다수 이사진의 반대를 무릅쓰면서까지 제니의 제안을 구체적으로 검토해 보라고 지시했다.

그때만 해도 제니는 보험설계사 일을 시작한 지 얼마지 않은 햇병아리에 불과했다. 그런 그가 상품 개발팀에 배치되어 개발을 이끌었다. 일 년 뒤, 팬데믹이 터졌다. 휴먼 라이프는 기다렸다는 듯이 '무배당 블루 1090' 보험을 내놓았고, 제니는 순식간에 업계 최고 수준의 실적을 올렸다. 상품을 개발하는 동안 상품 가입 온라인 페이지를 미리 만들어 둔 결과였다.

철규가 형준에게 물었다.

"제니는 왜요?"

"너, 걔랑 일해라."

"그게 무슨 소리예요?"

철규는 제니를 사적으로 알지는 못했다. 만나 본 적도 없었다. 그저 화상 회의 때 얼굴을 한 번 보았을 뿐이다.

"내가 널 추천했다."

형준은 제니가 대면 시대에 활약했던 보험설계사를 한 명만 추천해 달라는 메일을 보내왔다고 말했다. 함께 일해 보고 싶다면서. 형준이 대체 무슨 일을 함께하려는 거냐고 묻자 그건 아직 말해줄 수 없다는 대답이 돌아왔다.

"딱 석 달이고 수당도 챙겨준단다. 많아. 내 월급보다."
형준은 이어서 제니가 내건 두 가지 조건에 관해 말했다.

"첫째, 사람을 상대해 본 경험이 많을 것. 온라인 말고 오프라인에서, 서로 얼굴 맞대고. 둘째, 눈치가 빠를 것. 나이 많은 건 상관없는데 나이 많고 눈치 없는 사람은 못 견딘단다."

제니가 비대면 시대에 갑자기 대면 경험이 많은 사람을 찾는 이유가 전혀 짐작되지 않았다. 하지만 형준은 무조건 제니를 돕고 봐야 한다고 느꼈다. 그는 아직도 제니가 새 보험 상품 제안서를 들고 자신을 찾아온 날을 잊을 수 없었다.

"그때 내가 사장님께 그거 안 올렸으면 어떻게 됐을지 상상이나 되냐?
애가 제안서를 들고 와서 척 내미는데 느낌이 딱 왔지.
뭔가 다르다! 눈빛이 뭐라고 해야 하나...
아주 깊은 곳으로 빠져드는 것 같다고 해야 하나?
나 부장되고 나서 고맙다고, 밥 사겠다고 수십 번 얘기했는데도
한 번을 오케이 하질 않던 애인데...
그런 애가 먼저 연락해서 부탁을 하네? 느낌이 또 딱 왔지."

형준이 철규의 어깨를 두드리며 말했다.

"대면 시대 하면 누가 뭐래도 한철규, 너 아니냐.
다른 놈한테는 물어보지도 않았다.
넌 그냥 이 은혜 잊지 말고 잘 갚기만 하면 돼."

철규가 어깨를 뒤로 젖혀 형준의 손을 떨쳐냈다.

"누가 하겠대요?
저보다 열 살은 어린 애 밑에서 시다나 할 마음 없습니다."

"네가 왜 시다야, 인마. 동료지."

"글쎄 전 관심 없으니까 다른 사람 추천해요."

"… 너 지난달에 몇 개 팔았어?"

형준의 물음에 철규는 대답하지 못했다.

"요즘 누가 전화로 보험을 팔아? 아직도 정신 못 차렸어?"

"그럼 어떡해요? 아예 만나주질 않는데. 일단 전화로 밑밥 깔고."

"요즘 누가 만나서 계약하냐고!"

형준의 타박에 철규는 한숨을 내쉬었다. 그도 시대의 흐름을 모르진 않았다. 대면 시대에도 보험 계약의 주요 창구는 점차 온라인으로 넘어오고 있었다. 사람들은 보험설계사를 만나서 구구절절 이야기 듣기를 원하지 않았다. 특히 젊은 층에서 온라인 계약을 더 선호했다. 자동차 보험에서 시작됐던 다이렉트 보험은 점점 그 영역을 넓혀서 이제는 거의 모든 보험 계약을 온라인으로 할 수 있게 되었다.

팬데믹이 터진 뒤에는 아예 온라인 계약이 오프라인 계약 수를 순식간에 뛰어넘어 버렸다. 특히 우울증 보장 상품은 90% 이상이 온라인 청약이었다. 이 같은 흐름은 팬데믹이 끝난 뒤로도 꺾이지 않았다. 장장 3년에 걸친 팬데믹은 인간의 생활방식을 근본적으로 바꾸어 놓았다. 방식이 바뀌는 동안 사람들의 습성과 심리도 자연히 달라졌다. 사람들은 가족이나 연인, 절친한 친구 등 극히 제한된 이들을 제외하곤 접촉하려 하지 않았다. 비대면 시대의 시작이었다.

비대면 시대에 이르자 우울증 보장 상품뿐만 아니라 거의 모든 보험 계약이 온라인으로 이루어졌다. 고객이 오라는 대로 여기저기 뛰어다니며 보험을 팔던 보험설계사의 모습을 더는 찾아볼 수 없었다. 그들은 보험 상품을 각자 자기 방식대로 깔끔하게 소개하는 페이지를 보유했고, 고객이 자기 페이지를 통해 온라인으로 계약하도록 갖은 애를 썼다. 자기 집 책상 앞에 앉거나 침대에 드러누운 채. 회사는 설계사가 어떤 자세로 일하는지에는 아무런 관심이 없었다. 그저 누구의 페이지를 통해 고객이 유입되는지를 파악해서 그에 따른 충분한 보상을 해줄 뿐이었다. 철규는 비대면 시대 이전에는 보험왕이었다. 특유의 친화력과 성실함, 진정성으로 고객의 마음을 사로잡았다. 하지만 친화력과 진정성 같은 덕목은 서로 얼굴을 맞대야만 비로소 진가가 느껴지는 것들이었다. 대면 자체를 할 수 없게 되면서 철규의 입지는 점점 좁아졌.
철규가 뒤늦게 온라인 계약에 적응하려 했을 때는 이미 너무 많은 것들이 바뀌어 있었다. 철규는 온라인 시스템을 이해하는 것부터가 버거웠다. 얼굴은 볼 수 없어도 괜찮았다. 대면 시대에도 바쁜 고객들과는 전화 통화만으로 계약하곤 했으니까. 하지만 서로 목소리는 들을 수 있었다. 그가 진심을 담아 얘기하면 고객은 반응해 주었다. 그러나 이제는 목소리는커녕 서로 아무것도 모른 채 계약이 이루어진다. 철규는 자기 존재가 사라진 것 같다고 느꼈다.

형준이 재촉하듯 말했다.

"너 이러다간 진짜 쫓겨난다."

"쫓아낼 테면 내라죠."

"농담 아니다. 이번 분기 말에 한 번 싹 물갈이할 거야. 언제까지 2위일 순 없다, 이거지."

"뭘 정리해요?"

"뭐겠냐? 누구겠냐?"

형준이 철규의 폰으로 제니에게서 건네받은 파일을 전송했다.

"자세히 읽어 봐. 내가 봤는데 너한테 해될 건 없다. 득이 되면 됐지."

"안 한다니까요."

"야, 네가 아직도 보험왕인 거 같지? 넌 이제 그냥 직원이야. 그것도 정리해고 일 순위."

"그만두더라도 내가 알아서 그만둘 겁니다."

회의실을 나가려는 철규의 뒤통수에다 대고 형준이 소리쳤다.

"서희 생각 안 해? 그만두면, 서희는 어쩌려고?"

철규가 한숨을 내쉬고는 돌아섰다.

"여기서 서희 얘기가 왜 나와요?"

"병원에 있는 거 다 안다. 한두 푼 하는 것도 아니고 언제까지 버틸 수 있을 것 같아?"

"제 뒤까지 캐고 다니십니까?"

"넌 내 딸이 네 딸 절친인 것도 모르지?"

"하."

철규가 한 손으로 자기 머리를 헝클어트렸다. 형준이 철규 쪽 의자를 빼내며 말했다.

"앉아. 앉아서 다시 생각해 봐. 평생 일하라는 것도 아니고, 딱 석 달이야. 수당도 준다잖아. 내 월급보다 많대도?"

철규는 의자에 앉지 않았다. 선 채로 폰을 흔들며 말했다.

"번호 찍어 줘요. 그다음부턴 내가 알아서 할 테니까."

그러고는 회의실 밖으로 나갔다. 형준이 철규를 향해 외쳤다.

"야, 전화할 생각하지 말고 메일 보내! 제니는 전화 같은 거 안 해!"

2

딩동.
제니가 나나와 화상 통화하고 있을 때 초인종이 울렸다. 처음에 제니는 그게 자기 집 초인종 소리인 줄도 몰랐다. 웹브라우저에서 나는 새로운 알림 소리라고 생각했다.
딩동.
다시 한번 소리가 울렸을 때에야 그것이 데스크톱에서 나는 소리가 아니란 걸 알았다. 나나가 의아해하며 물었다.
 "방금 초인종 소리 아냐?"
 "초인종?"
제니는 그 단어가 낯설었다. 아는 단어이긴 했으나 몇 년 사이 스스로 말해본 적도, 누군가가 말하는 걸 들은 적도 없었기 때문이다. 제니는 의아한 표정으로 일어나 인터폰 쪽으로 갔다. 이제껏 자기 집에 초인종이 있다는 걸 인식한 적도 없고, 누군가 그걸 누른 적도 없었다. 제니의 집에 방문하는 이는 오직 나나뿐이었고, 나나는 현관문의 비밀번호를 알았다. 인터폰을 쓸 일도 별로 없었다. 택배가 집 앞에 와 있는지 확인하려고 가끔 모니터를 켤 뿐이었다.
공동현관을 비추는 모니터에 웬 남자의 모습이 보였다. 한철규였다. 제니는 그의 얼굴을 알고 있었다. 하지만 그 순간에는 설마 그가 한철규일 거라고는 생각하지 못했다. 한철규가 고개를 숙이고 있기 때문이기도 했고, 그가 집으로 찾아올 거라고는 전혀 예상하지 못했기 때문이다. 제니는 그를 요즘 유행한다는 사이비 종교의 신자일 것으로 짐작했다. 자칭 선지자라는 이에게 세례받으면 모든 전염병으로부터 자유로워진다고 주장하는 종교였다. 한숨을 내쉰 제니는 모니터를 끄고 자리로 돌아와 앉았다. 그때 메일 수신 알림이 떴다.

 – 한철규입니다. 문 좀 열어주시죠.

제니가 당황스러운 표정을 지었다. 나나가 물었다.

 "뭐야? 누군데?"

제니에게서 아무 대꾸가 없자 나나가 재촉하듯 말했다.

 "누구냐니까?"

제니는 회사 직원이라고 대답했다. 그때 또 한 번 초인종이 울렸다. 곧이어 메일 수신 알림도 울렸다.

 – 저번 일은 죄송했습니다. 얼굴 뵙고 말씀드리고 싶습니다.

제니의 표정이 일그러지자 나나가 재미있다는 듯 말했다.

 "뭐해? 가서 문 열어줘."

 "미쳤어?"

 "이사 오고 나서 첫 손님 아냐? 첫 손님은 행운을 갖다 준다잖아."

 "네가 벌써 몇 번을 왔다 갔는데."

 "내가 손님이냐?"

나나는 자기가 곧 갈 테니까 일단 들이고 보라고 말하고선 갑자기 화상 통화를 끊었다. 제니는 눈을 감고서 심호흡을 했다. 나나가 흥미를 느낀 이상 말릴 수는 없었다. 그렇다고 한철규를 나나와 만나게 하고 싶지도 않았다. 남은 방법은 하나였다. 나나가 오기 전에 한철규를 돌려보내는 것.

자리에서 일어난 제니는 응접실로 가서 멸균기를 켰다. 그러고선 한철규에게 메일을 보냈다.

　- 응접실에서 기다려주세요. 하던 일 마치고 곧 가겠습니다.

현관문을 열어준 제니는 서둘러 드레스룸으로 향했다. 어떤 옷을 입어야 하지? 제니는 외출하는 날을 빼곤 늘 레깅스에 탱크톱 차림이었고 지금도 그랬다. 일하다가 스트레스가 쌓이면 언제든 러닝머신 위를 뛰었다. 땀을 쫙 빼고 나서 씻으면 머리가 맑아졌다. 같은 브랜드의 레깅스와 탱크톱까지 다시 갖춰 입으면 온몸을 리셋한 기분이었다. 그런데 설마 손님을 맞이한다고 집에서 옷을 차려입는 일이 생길 줄이야. 응접실의 멸균기를 켜는 일이 생길 줄도 몰랐다. 작년 말에 새집을 구할 때 최우선 조건이 멸균 시스템을 갖춘 응접실이었는데 막상 살게 되니 응접실을 사용할 일 자체가 생기질 않았다. 나나가 호기심에 한 번 들어가 봤던 것을 빼곤 안에 누군가를 들인 적도 없었다. 제니는 고민 끝에 블랙진에 회색 니트 티셔츠를 꺼내 입었다.

제니가 응접실에 들어섰을 때 한철규는 가만히 앉아 응접실 탁자 위에 놓인 그림을 보고 있었다. 나나가 집들이 선물로 준 제니의 초상화였다. 제니는 그 그림을 평소에는 응접실에 두었다가 나나가 올 때만 꺼내서 거실에 걸어두었다. 보고 있으면 마음이 불편했기 때문이다.

클로즈업된 제니의 얼굴은 윗머리가 살짝 잘렸고 왼쪽으로 약간 치우쳐 있었다. 오른편 여백에는 바다로 짐작되는 곳이 후경으로 그려졌다. 거의 붉은색과 푸른색 계열로만 칠해진 그림은 전체적으로 형광빛을 띠었는데 제니의 얼굴 오른편은 조명을 받은 듯 빛났고 왼편은 어두웠다. 눈동자 색도 달랐다. 밝은 쪽 눈동자는 붉었고 어두운 쪽 눈동자는 검푸른 빛을 띠었다. 신비한 힘을 지닌 듯 보이면서도 한편으로는 겁먹은 아이처럼 보이기도 하는 그림이었다. 철규는 그림 속 여자가 열정적이면서도 음산해 보인다고 느꼈다. 그게 제니라고는 미처 생각하지 못한 채.

제니는 응접실로 들어서자마자 그 그림을 뒤로 돌려놓았다. 자기 허락 없인 함부로 보지 말라는 듯. 그러고는 말했다.

"결례 아닌가요? 연락도 없이."

한철규가 자리에서 벌떡 일어서서 고개를 꾸벅 숙였다.

"죄송합니다. 오늘 일도, 저번 일도."

제니가 의아하다는 듯 물었다.

"저번 일?"

"소형준 부장님께서 분명히 메일로 소통하라고 주의를 주셨습니다. 그런데도 제멋대로 행동했습니다."

제니는 며칠 전 한철규로부터 받은 문자 메시지를 떠올렸다. 소형준에게 사람을 한 명 추천해 달라고 부탁하고 나서 하루 만이었다.

— 한철규입니다. 10분 뒤에 전화 드릴까 하는데 괜찮으신지요.

제니는 한참 동안 그 메시지를 바라보다가 한철규에게 메일을 보냈다.

— 업무 관련 소통은 이메일로만 합니다. 제안 드린 업무와 관련해서는 소형준 부장님을 통해 전해 드린 파일에 자세히 적어두었습니다. 그 외 궁금하신 점 있다면 답신으로 문의해 주시기

바랍니다.

메일을 보내고 나서 몇 분 뒤 다시 문자 메시지가 왔다.

- 새로 시작하는 일인데 만나 뵙진 못해도 목소리는 들어야 하지 않을까요?

제니는 이번에는 소형준에게 메일을 보냈다. 한철규 말고 다른 사람을 추천해 달라는 내용이었다. 십 분쯤 뒤, 소형준이 아니라 한철규로부터 메일이 왔다.

- 파일 읽어보았습니다. 원하시는 대로 다 맞추겠습니다.

단, 앞으로 업무 관련해서는 저희끼리만 소통하시죠.

제니는 생각을 조금 더 해볼 테니 며칠만 기다려 달라고 답신했다. 그런데 설마 그가 그새를 못 참고 직접 찾아올 줄은 꿈에도 몰랐다. 제니 앞에 차렷 자세로 선 한철규는 말없이 제니의 발끝만 바라보고 있었다. 그러느라 머리를 살짝 숙인 채였다. 제니는 나나와 함께 본 한 일본 영화에서 이런 자세를 본 적이 있었다. 하지만 실제로 보는 건 처음이었다.

'실제로 보면 이런 느낌이구나.'

제니는 대체 한철규를 어떻게 대해야 할지 알 수 없었다. 그는 자신의 잘못을 인정했으며, 이제 용서를 바라는 자세를 취하고 있었다. 제니는 이제껏 어떠한 태도나 형식은 말 그대로 태도와 형식일 뿐 거기 어떤 감정이나 마음이 담겼다고는 생각해 본 적이 없었다. 문의 메일이나 쪽지를 보내오는 고객은 고객다운 태도를 보였고, 거기 답하는 자신은 보험설계사다운 태도를 보였다. 메일이나 쪽지의 형식은 그 태도에 맞춰졌고, 형식에 따라 말투도 정해졌다. 제니가 형식과 말투를 정하지 않고 대하는 사람은 오직 나나뿐이었고 감정을 내비치는 상대 역시 나나뿐이었다.

제니는 말없이 한철규를 관찰했다. 네이비색 정장을 차려입고 진갈색 타이까지 맨 모습이 자연스러우면서도 어딘가 경직돼 보였다. 키는 제법 큰 편이었으나 말라서 키에 비해 왜소해 보였다. 머리는 단정히 한쪽으로 빗어 넘겼고 유행을 타지 않을 것 같은 금테 안경을 썼다. 이목구비는 뚜렷한 편인데 입이 조금 작아서 고집스러워 보이기도 했다. 제니는 가볍게 주먹을 쥔 철규의 두 손이 양쪽 허벅지에 가지런히 붙은 모습을 바라보았다. 메일로는 이런 태도를 어떻게 전할 수 있을지 가늠해 보았으나 그 어떤 공손한 표현으로도 지금 한철규가 풍기는 분위기나 느낌은 전달할 수 없을 것 같았다. 제니가 말했다.

"앉으시죠."

한철규가 고개를 들어 제니를 바라보았다. 제니는 손짓으로 응접실 탁자의 한쪽 끝을 가리켰다.

"감사합니다."

철규가 자리로 가 앉았다. 제니는 철규의 맞은편 끝에 앉았다.

"한 달로 하죠. 한 달간 함께 일해 보고 나서 계약을 연장할지 말지 정하는 것으로요."

"… 계약이요?"

"네. 계약서는 보셨죠? 원래 제안 드린 건 석 달인데 한 달로 줄이겠습니다. 단, 계약 연장조항을 넣도록 하죠. 총 두 번, 각 한 달씩 할 수 있는 것으로요. 연장 의사 표명은 직전 계약이 끝나기 일주일 전까지 하는 것으로 하면 적당할 것 같네요."

철규는 침묵했다. 제니가 덧붙였다.

"계약 기간을 뺀 나머지 내용은 그대로 유지하겠습니다.
수당도 포함해서요."

철규는 잠시 눈을 감았다 뜬 뒤 말했다.

"그러니까 저와 진짜 계약을 하시겠다 이 말씀이시군요."

"네. 계약서 내용 중 마음에 안 드시는 부분이 있다면 말씀해 주세요."

"파트너인 줄 알았습니다."

"네?"

"함께 일하는 건 줄 알았다고요."

"함께 일하는 거 맞는데요?"

제니의 말에 철규가 짧게 웃었다. 철규의 눈빛이 조금 전과 달라진 게 느껴졌다. 제니는 그 눈빛을 보며 나나가 자신에게 장난칠 때와 비슷한 느낌을 받았다. 철규가 말했다.

"좋습니다. 계약하죠."

제니가 태블릿을 꺼내 계약서를 띄웠다. 철규가 보는 앞에서 계약 기간 항목을 수정한 뒤 수정된 내용을 철규에게 확인시켰다. 철규가 고개를 끄덕이자 철규의 폰으로 계약서 파일을 전송했다. 철규가 계약서 파일을 열자 제니가 말했다.

"특별히 굵게 적어두기도 했지만, 업무 내용은 어디에 어떤 형식으로든 유출하시면 안 됩니다."

"네."

"그 '어디에'는 당연히 소형준 부장님도 포함됩니다."

"걱정하실 필요 없습니다."

"이를 어길 시"

제니가 비밀 엄수 조항을 위반할 시 배상 문제에 관해 설명하려 하자 철규가 말을 끊었다.

"그만두겠습니다."

제니가 무슨 말이냐는 표정으로 철규를 바라보았다.

"만약 제가 어디 가서 한마디라도 한다면, 보험설계사 일을 아예 그만두겠습니다."

제니가 말했다.

"그게 이 일이랑 무슨 상관이죠? 배상 조항에는 그런 내용이 없는데요."

제니의 말에 철규가 헛웃음을 터뜨렸다. 그러고는 계약서에 생체 인증 서명을 했다.

"계약서 내용, 철저히 준수하겠습니다. 이제 알려주시죠. 제가 어떤 도움을 드리면 되는지."

제니가 자리에서 일어서며 말했다.

"내일 오전 중으로 정리해서 메일로 보내드리겠습니다."

철규는 무슨 말을 하려다가 멈추고는 제니를 따라 자리에서 일어나며 말했다.

"기다리고 있겠습니다."

그때 초인종이 울렸.

딩동.

나나였다. 제니는 한쪽 손으로 자기 이마를 짚었다. 나나가 오기 전에 한철규를 돌려보내려던 계획은 실패하고 말았다.

딩동. 딩동.

모니터에 나나의 얼굴이 보였다. 카메라에 얼굴을 바싹 갖다 댄 나나의 얼굴은 어안렌즈로 본 것처럼 왜곡돼 있었다. 씩 웃어 보인 나나가 초인종을 다시 눌렀다. 비밀번호를 누르고 들어오면 되는데도 일부러 그러는 것이었다.

딩동. 딩동. 딩동.

제니는 한숨을 내쉬며 현관문을 열어주었다. 그랬다가 깜짝 놀라며 응접실로 들어가 그림을 들고 나왔다. 제니가 거실로 뛰어가며 철규에게 외쳤다.

"조금만 더 있다가 가실 수 있나요? 부탁드려요."

제니가 그림을 거실에 걸어두고 돌아왔을 때, 철규와 나나는 웃으며 이야기하고 있었다. 멸균기를 끈 채 다과를 집어 먹어 가며. 둘은 마치 오랜 친구처럼 보였다. 제니가 응접실로 들어서자 나나가 따지듯 말했다.

"이런 좋은 분을 왜 이제 소개해?"

제니가 속으로 한숨을 내쉬며 대답했다.

"나도 오늘 처음 봬."

그러고는 철규에게 말했다.

"메일 보내고 나서 연락 드릴게요."

그만 가달라는 신호였다. 철규는 제니와 나나 쪽을 번갈아 가며 쳐다 보다가 자리에서 일어났다.

"다음에 뵙겠습니다."

철규가 인사하자 나나가 끼어들었다.

"뭐야? 나 왔다고 그러는 거야?

"계속해. 어차피 나도 다 아는 얘기잖아. 얼마 전에 나한테 얘기했던 그거 맞지?"

나나의 말에 철규가 관심을 보였다. 제니가 서둘러 말했다.

"메일로 하면 돼. 그게 더 정확하고 편해."

나나가 철규에게 말했다.

"얘는 꼭 이런다니까요. 어떻게 메일이 더 편하죠? 안 그래요?"

철규가 대답을 망설이자 나나가 홱 고개를 돌려 이번에는 제니에게 말했다.

"야, 나 그냥 조용히 있을게. 계속 얘기해. 이왕 여기까지 오셨는데 다 듣고 가면 좋잖아. 뭘 메일을 보내고 자시고 해.

이참에 너 어떻게 일하는지도 보고 싶고."

제니는 이번에는 한숨을 숨기지 않고 밖으로 내쉬었다. 눈을 감았다 뜬 제니가 철규에게 말했다.

"시간 괜찮으신가요?"

철규는 어찌해야 좋을지 몰라 머뭇거렸다. 나나가 그런 그를 의자에 억지로 앉혔다. 그가 앉자마자 제니가 단도직입적으로 말을 꺼냈다.

"제가 이번에 새로운 상품을 하나 만들었어요."

제니는 그것이 광범위성 중독 증후군 보장 상품이라며 사장의 허락하에 극비리에 진행된 일로 상품 개발팀 내에서도 단 몇 명만 알고 있는 사실이라고 했다. 철규가 놀라 말했다.

"블루1090 때도 놀랐었는데 상품 개발에 소질이 있으신가 보네요."

나나가 끼어들었다.

"이번에 이거 만든다고 보험계리사 자격증도 땄어요. 독하죠?"

제니가 나나를 쏘아보았다. 나나가 입을 삐죽 내밀며 말했다.

"오케이, 오케이."

그러고는 입을 지퍼로 잠그는 시늉을 했다. 제니가 말을 이었다.

"앞으로 석 달간, 이 상품은 오직 저만 팔 수 있어요."

그건 사장이 제니에게 준 특혜였다. 사장이 그러는 데는 몇 가지 이유가 있었다. 첫째는 제니의 그간의 공적에 대한 보상이었다. 둘째는 상품에 아직 확신을 갖지 못해서였다. 사장이라고 해서 광범위성 중독 증후군 보장 상품을 생각해보지 않은 것은 아니었다. 우울증 보장 보험이 성공을 거두자 다른 정신 질환을 보장하는 상품들도 속속들이 개발된 바 있다. 하지만 대개 적자를 면치 못했다. 잘 팔리지도 않을뿐더러 팔린다 해도 보험료 수익보다 보상금 지출이 훨씬 컸기 때문이다. 보험 사기도 기승을 부렸다. 엑스레이나 CT 사진 등 분명한 증거로 확인 가능한 일반 질병에 비해 정신질환은 계약자가 정신과 의사와 짜고 거짓 진단을 받기가 훨씬 쉬웠다.

제니가 대단한 건 그럴 경우를 예상해서 정신과 전문의와 미리 파트너십을 맺도록 했다는 점이었다. 휴먼 라이프와 파트너십을 체결한 전문의들은 회사와 함께 자체 우울증 진단 검사를 만들었다. 보험 계약자가 보험금을 타려면 외부기관에서 1차로 진단받고 나서 2차로 휴먼 라이프 자체 진단 검사를 통과해야 했다. 정신과 전문의들이 일종의 보험조사분석사 역할을 하도록 한 셈이었다.

하지만 제니는 안타깝게도 광범위성 중독 증후군은 이 시스템을 활용할 수 없다고 말했다. 질환의 특성 때문이었다.

"환자가 늘어나는 속도가 너무 빨라요. 중독 대상의 범위도 너무

넓고요. 이번에 개정된 정신질환 진단 및 통계편람에서 진단법이
명시되지 않았다는 것도 문제예요."
철규가 의아해하며 물었다.
"그럼 지금은 어떻게 진단하고 있는 거죠?"
"현재 사용되는 진단법은 정신건강의학협회에서 급조한 거예요.
아직 불완전하단 소리죠. 그걸 믿고 일을 진행하기엔 부담이 너무
커요. 우울증과는 접근 방식이 전혀 달라야 한단 뜻이죠."
팬데믹이 종식되고 나서도 사람들은 밖으로 나가서 무언가를 하는 것
보다 집에 있는 것을, 정확히는 집에서 온라인에 접속하는 것을 선호
했다. 이러한 선호는 금세 방식이 되었고, 방식은 필연적으로 방식에
따른 병을 낳았다. 그것이 광범위성 중독 증후군이었다. 팬데믹 시대에
유행했던 우울증의 자리를 이제는 광범위성 중독 증후군이 차지한 셈
이었다. 제니는 증후군에 관해 설명하기 시작했다.
"증상의 발현과 심화 모두 오프라인이 아니라 오직 온라인을
매개로 한다는 점이 광범위성 중독 증후군이 기존 중독 증상들과
가장 차별되는 지점이에요."
팬데믹 이전의 팬덤 문화에서는 팬들이 좋아하는 대상을 직접 보려고
콘서트에 가거나 심한 경우 집 앞까지 찾아가기도 했다. 소위 덕후들
은 애니메이션의 배경이 된 곳을 찾아 비행기를 타고 일본의 한 작은
마을까지 성지순례를 가는 것도 망설이지 않았다. 이와 달리 광범위성
중독 증후군 환자들의 중독 현상은 어디까지나 온라인에만 머물렀다.
누군가 어떤 배우에게 중독되었다면 그는 온라인으로 그 배우의 사진
과 동영상을 찾아보는 데만 집착하지 오프라인에서 그 배우를 실제로

보는 데는 별 관심이 없다는 뜻이었다. 이 같은 현상에 대해 정신과 전문의들은 의견이 분분했다. 몇몇 이들은 광범위성 중독 증후군이 아니라 '온라인 증후군' 혹은 '접속 증후군'이라 부르기도 했다.

"환자가 탐닉하는 대상은 말 그대로 '광범위'해요. 게임, 애니메이션, 아이돌, 배우, 스포츠, 도박, 영화나 드라마 속 캐릭터부터 고양이, 물고기, OTT나 SNS 같은 특정 플랫폼, 심지어 견과류 까는 소리까지. 온라인으로 볼 수 있는 모든 것이 중독 대상이 된다고 생각하시면 돼요. 팬데믹 시대에 집 밖으로 나갈 수 없게 되자 심심풀이로 보던 것들이 자연스레 중독의 대상이 되어버렸다고 할까요."

제니가 세세히 설명해준 것들은 철규도 이미 잘 아는 내용이었다. 하지만 철규는 아는 체를 하지 않고 제니의 말을 가만히 경청했다.

"질환의 특성 자체가 상품으로 만들기에는 까다롭다고 할 수 있어요. 그렇다고 불가능한 건 아닌데…
가장 큰 문제는 환자의 보상 문제예요. 특히 중증을 넘어선 환자들에 대한 보상이요."

제니는 중독증이 중증 단계를 넘어선 환자들을 어디까지 얼마나 보상해주느냐의 문제가 가장 골치 아팠다. 증후군이 그 단계에 이른 이들은 거의 먹지도 자지도 않았다. 오직 중독된 대상에만 빠져서 반송장처럼 지냈다. 사람들은 언제부터인가 그런 이들을 재미 삼아 '좀비'라고 부르고 있었다. '너희 집에도 좀비 있냐?'라는 말이 유행할 정도였다.

"매일 강제로 투여해야 하는 영양제와 수면제 값을 따지면 거의 연명 치료 수준이에요. 그러기 전에 전문병원에 집어넣어 치료 받도록 하는 게 가장 좋은 방법인데, 중독증 환자를 그렇게 하게끔

유도하는 게 쉬운 일이 아니에요. 그렇다고 전문병원 입원치료 비용이 싼 것도 아니고요."

이 역시도 철규는 잘 알고 있었다. 철규가 말했다.

"이거 많이 팔수록 오히려 손해 보는 상품 아닐까요?"

"그래서 중증 단계를 넘어선 이들의 치료 비용은 보상 범위에서 배제하기로 했어요."

"전문병원 치료 비용까지만 보장해주겠다는 건가요?"

"네."

"그래서는 문제가…"

"중증에 걸린 사람이 치료가 늦어져서 좀비 상태에 이르렀다면, 원칙적으로 저희 쪽에선 보상의 의무가 없어요. 하지만."

"민원은 생길 것이다?"

"민원뿐만이 아니겠죠."

제니는 그런 상황을 예방하기 위한 안전책은 마련해 두었다고 했다. 상품에 가입하면 한 달에 한 번씩 중독증 검사를 받아야 한다는 의무 조항을 넣은 것이었다. 철규가 턱을 쓰다듬으며 말했다.

"어렵겠는데요? 과연 그 귀찮은 일을 받아들일 사람이 있을까요?"

"설득해야죠. 중독증 검사 비용은 우리가 지불하겠다, 정기 검진 하듯이 주기적으로 체크해 주면 오히려 좋은 일 아니냐, 하면서."

"그럴싸하게 들리네요."

"하지만 아직 문제는 남아 있어요."

제니는 중독증에 관한 수많은 데이터를 수집해서 분석해본 결과 중독증 환자가 좀비 상태에 이르는 비율과 이르기까지 걸리는 시간을 특정할 수 없다고 했다. 통계상으론 중증에 이른 환자가 치료받지 않고 지냈을 때는 평균 두 달쯤 뒤에 좀비 상태에 이르렀는데, 그것은 어디까지나 평균치였다. 불과 일주일 만에 좀비 상태가 된 이도 있었고 반년에 걸쳐 서서히 진행되는 이도 있었다.

"안전책이란 것도 불완전한 진단법에 의존하고 있는 상태에서 증상의 경과마저 확신할 수 없으니 리스크가 너무 커요."

제니는 답답하다는 듯이 덧붙였다.

"결국엔 중증이거나 중증을 넘어선 환자들의 데이터가 너무 적기 때문이에요."

"그렇군요."

"혹시 오 닥터라고 아세요?"

"네, 압니다."

오 닥터는 중독증 분야의 전문의이자 스타 크리에이터였다. 철규는 그가 업로드한 영상을 거의 다 찾아보았다.

"그나마 오 닥터한테 데이터가 제일 많아요. 그래서 직접 문의했죠. 혹시 정신건강의학협회에서 마련한 진단법 말고 따로 참고하는 게 있는지. 중증 단계에 이르거나 넘어설 가능성이 있는 환자를 알아보는 특별한 방법이나 진단 기준, 치료법 같은 건 없는지."

"뭐라던가요?"

"몇 가지 방법이 있다고 했어요. 그런데 가만 들어보니 결국 하는 말이... 자기가 직접 봐야 알 수 있다는 거였어요."

"환자로 등록하고 직접 치료받아 보라 이 말인가요?"

"아니요. 현재로선 어떤 진단 설문지를 이용해도 그에 대한 응답만으로는 질환의 경과를 정확히 파악할 수 없다, 중증에 이른 이들은 더욱 그렇다, 직접 만나서 이야기해 보아야지만 정확히 판단할 수 있다, 그런 소리였어요. 온라인이 아니라 오프라인으로요."

"음, 그건 다른 정신 질환들도 마찬가지 아닌가요?"

"우울증의 경우엔 국제표준으로 공인된 진단지의 신뢰성이 무척 높아요. 전문의라면 그것만 보고도 꽤 확신을 갖고 진단할 수 있죠. 추적조사로 경과를 예측하기도 쉽고요."

제니는 처음에 오 닥터가 영업 비밀을 숨기려고 쓸데없는 말을 하고 있다고 생각했다. 하지만 결국엔 다시 오 닥터에게로 돌아오게 되었다. 그에게 중독증 환자, 특히 중증 환자에 관한 데이터가 가장 많다는 것만은 자명한 사실이었다. 제니는 오 닥터의 영상을 다시 한번 잘 살펴보았다. 그의 병원을 찾은 환자들 수십 명을 대상으로 심층 인터뷰도 했다. 그 결과 그의 말이 마냥 허투는 아니라는 결론에 이르렀다.

"오 닥터한테 파트너십을 제안했어요. 거절하더군요. 그럴 시간이 없다면서."

철규가 물었다.

"설마 저더러 오 닥터 역할을 하라는 건가요?"

"아니요. 그건 제가 할 거예요. 오 닥터한테 비싼 돈 주고 진단법을 샀거든요. 그가 직접 만들었다는 진단법인데 확실히 협회 것보단 나아요. 그런데 이게… 둘로 나뉘어 있어요. 일반적인 설문 문항과 직접 만나서 관찰해야 할 문항으로요. 앞엣것을 설문지라고 하고 뒤엣것을 관찰표라고 해놨더군요."

관찰표에 있는 항목은 눈을 잘 마주치는가, 눈을 얼마나 자주 깜박이는가, 스마트기기의 사용 빈도는 어떠한가, 스마트기기와 분리된 채 얼마나 오래 있을 수 있는가 하는 것들이었다. 하지만 오 닥터는 그런 것들이 도움은 돼도 증세를 확신하는 데는 불충분하다고 말했다.

"어쩌면 광범위성 중독 증후군 환자의 진짜 특징은 거짓말인지도 모른다고 하더군요."

"거짓말이요?"

오 닥터의 경험에 따르면 중독증 환자들은 설문지에 솔직하게 응답하지 않는 경우가 많았다. 이는 다른 정실질환에서도 흔히 발생하는 일이긴 하지만 중독증의 경우에는 양상이 좀 달랐다. 그들은 의사를 속이려고 거짓말하는 게 아니었다. 오히려 스스로를 속이고 있었다. 한데 그것은 단순한 자기기만이 아니었다.

"말로 표현하긴 어렵다면서 직접 이야기를 나눠보면 바로 알 수 있대요. 정확히는 '느껴진다'라는 표현을 썼어요. 단순한 자기기만인지 아니면 '증세'인지가. 오 닥터 말로는 경증 환자들은 자기가 만든 설문지만으로도 충분히 구별할 수 있대요. 하지만 중증 환자는 그러기 어렵다더군요. 그들은 훨씬 거짓말에 능숙하다면서요."

"더 잘 속인다는 말인가요?"

"중증 환자나 그럴 가능성이 큰 사람을 만나 보면 그가 속이고 있는 게 다른 무엇이 아니라 세상 그 자체라는 게 느껴진대요. 그들은 오프라인을 가짜 세상으로, 온라인을 진짜 세상으로 여긴 다는 거죠. 그리고 그걸 확인하는 방법은 직접 만나서 보는 수밖에 없대요. 그들이 지금 빠져 있는 곳이 어디인지, 대체 얼마나 빠졌는지. 물에 빠져 허우적대는 사람은 누가 봐도 알 수 있는 법이라나요?"

"무슨 말인지는 알겠는데… 애매하군요."

"제 생각도 그래요. 무엇보다도 느낌 같은 게 계약을 결정하는 기준이 될 순 없어요. 제 의문을 알아챘는지 오 닥터가 그러더군요. 중증에 이른 환자들은 더는 어떤 특정 대상에 중독된 게 아니라 '접속' 그 자체에 중독된 경향을 보이기 때문에 그걸 잘 체크하면 도움이 될 거라고요. 관찰표는 사실 그 점을 수치화하려고 만든 거라면서."

철규는 제니가 대면 경험이 많은 이를 찾은 까닭을 비로소 알 것 같았다.

"매니저님께선 사람을 상대하는 일에 익숙하지 않으니 옆에서 좀 도와 달라 이건가요?"

"그렇기도 하고… 매니저님께서도 함께 봐 주셨으면 해요. 저는 못 느끼는 걸 매니저님께선 느끼실지도 모르니까요. 다양한 사람을 많이 만나 보셨으니 데이터가 많이 축적돼 있으실 테고, 그러면 아무래도 그 느낌이란 것도 더 정확할 테니까요. 교차 점검하자는 거죠."

제니의 계획을 정리하자면 이랬다. 중증에 이를 만한 이들은 애초에 계약하지 않는 편이 좋다. 중증에 이른 이들이 좀비가 되는 비율이나 속도를 예측할 수 없기 때문이다. 즉, 중증에 이른 이들은 사실상 잠재적 좀비로 봐야 한다. 우리의 목표는 계약자를 만나 그가 중증에 이를 가능성이 큰 사람인지 아닌지를 판별해서 아닌 경우에만 계약하는 것이다. 여기에 일단 오 닥터가 준 설문지와 관찰표를 이용할 것이고, 최종적으로는 자체 진단법을 개발할 것이다.

철규는 제니의 말 중 '잠재적 좀비'라는 표현이 마음에 걸렸다. 중증에 걸렸다면 사실상 좀비나 다름없다는 말인데 그런 단정이 불편했다. 하지만 그런 감정을 내색하진 않았다. 제니가 말을 이었다.

"오 닥터가 준 자료랑 기타 자료들은 다 메일로 보내드릴게요. 오 닥터 것 말고 정신건강의학협회 것도 보셔야 하고, 제가 따로 모은 자료도 보셔야 해요."

"저 같은 문외한이 그런 걸 잠깐 본다고 없던 안목이 생길까요?"

"너무 부담 갖진 마세요."

제니는 앞으로 둘이 할 일은 결국 시판 데이터를 모으는 일이 될 거라고 말했다.

"사장님의 최종 제안은, 이 상품에 수익성이 있을지 없을지를 시간을 두고 테스트해 보자는 겁니다. 즉, 지금부터 석 달간 저희가 할 일은 표본이 될 만한 계약자들을 만드는 거예요. 최대한 신중히 골라야겠죠. 그런 뒤 반년쯤 지켜보는 거예요. 그들이 중독증에 걸린 비율, 걸린 이들이 좀비 상태까지 이르는 비율, 그에 따른 보험료와 보상금이 적정한지 등을요."

"딱 석 달 팔아보고 사라지는 상품이 될 수도 있다, 이 소리네요."

"그러지 않게 해야죠. 그러려면 매니저님께서 잘 도와주셔야 하고요."

"꼭 보험조사관이 된 기분이군요. 그것도 사전 조사관."

철규는 어쩐지 기분이 좋지 않았다. 수익을 최대한 내보겠다고 사람들을 속이는 일처럼 느껴졌기 때문이다. 물론 보험설계사의 첫 번째 목표는 상품을 팔아 수익을 내는 것이었다. 하지만 설계사 일을 하는 동안 철규는 점점 그게 다가 아니라고 느꼈다. 사람을 상대하는 동안 그들을 진심으로 걱정하고 위하는 마음이 생겼기 때문이다. 하지만 처음에는 그 마음이 기만적 감정에 가까웠다. 보험팔이라는 오명을 써가며 일하는 자신을 위로하려는 일종의 자기방어 기제. 나는 착한 일을 하는 것이다, 남을 위해 일하는 것이다, 남의 인생을 대신 책임져주는 것이다. 그렇게 생각하지 않으면 설계사 일은 오래 할 수 없다. 그런데 시간이 흐르며 그 감정이 점차 진짜가 되어 갔다. 그가 만나 계약한 사람들이 거짓이었을지도 모를 감정을 진짜로 바꾸어 되돌려준 것이었다. 철규는 그 사실을 깨달았을 때 놀랐다. 거짓에서 진짜가 생겨났다는 게, 그리고 그럴 수 있다는 게. 철규는 강렬한 감사의 마음에 휩싸였고 거기서부터 다시 사람들을 위하는 마음이 생겨났다. 이번엔 어떤 거짓도 없는 진짜 감정이었다.

몇 초간 침묵이 흘렀다. 제니가 철규에게 물었다.

"혹시 중증을 넘어선 사람들 사진, 보신 적 있나요?"

본 적이 있다. 하지만 철규는 본 적이 없다고 거짓말을 했다.

"사람들이 좀비리고 부르는 게 바로 이해돼요. 만약 그 모습에 식욕만 있다면, 진짜 좀비나 다름없을 거예요."

"한번 찾아볼게요."

"그러시는 게 좋을 거예요. 어쩌면 계약할 때 그 사진을 활용해야 할지도 모르니까요."

철규는 묻고 싶어졌다. 제니가 중독 증후군 보장 보험 상품 개발에 이렇게 공을 들이는 이유를. 단순히 상품의 잠재 가치 때문일까? 중독증으로 고통을 겪고 있거나 앞으로 겪을 이들을 위하는 마음이 조금이라도 있을까? 철규가 말했다.

"한 가지 궁금한 게 있어요. 굳이 왜 이렇게 번거로운 상품을 만들려는 거죠? 다른 편한 것도 많을 텐데."

제니가 무심히 대꾸했다.

"몇 년 안에 모두가 무언가에 중독돼 있을 거예요."

철규가 설명을 바라는 눈빛으로 쳐다보았다.

"데이터의 흐름이 그래요."

"머지않아 모든 이들이 중독증에 걸릴 거고... 좀비가 될 거다?"

"좀비가 될 걸 두려워하고 대비하려 하겠죠."

철규는 십 년 전에 끊었으나 아직도 이따금 생각나는 담배를 생각했다. 한때는 축구에 빠지기도 했었다. 하루도 빠뜨리지 않고 조기 축구회에 나갈 만큼. 하지만 그런 것들은 전부 '밖'에 있었다. 나도 언젠가는 온라인 '안'에 있는 무언가에 중독돼 있을까? 철규가 그런 생각을 하고 있을 때 제니가 말했다.

"그런데 한 가지 이상한 점이 있어요."

"뭐가요?"

"아직 중독증으로 사망했다는 사람이 없어요."

"그게 무슨 소리죠?"

"좀비 상태가 되면 스스로는 아무것도 먹지 않고 잠도 자지 않잖아요? 그 상태로 보름만 지나도 생명이 위태로운 상태가 될 테죠. 조금 더 계속되면, 죽을 테고요."

제니는 혼자 사는 이가 좀비 상태에 이르렀을 경우 치료받지 못해서, 정확히는 치료받을 의지도 없고 그가 치료받도록 도울 사람도 없어서 결국엔 죽는 경우가 생길 텐데 아직 그런 기사가 하나도 나오지 않은 게 이상하다고 말했다. 철규가 대꾸했다.

"나중에 한꺼번에 죄다 발견되는 거 아닐까요? 독거노인들이야 생활 관리사가 주기적으로 확인하지만... 중독증에 걸린 사람들은 대개 그보단 훨씬 젊으니까요."

철규가 농담하듯 덧붙였다.

"저희가 상담하러 갔다가 시체 보는 건 아니겠죠?"

제니는 대꾸 없이 철규를 가만히 쳐다보기만 했다. 철규가 미안하다는 듯 말했다.

"농담이었습니다."

그때까지만 해도 잘 참고 듣고만 있던 나나가 더는 못 참겠다는 듯 끼어들었다.

"얘가 이렇다니까요. 농담을 몰라요. 제가 엊그제 광범위성 중독증후군 보장 상품은 말이 너무 번거롭고 어렵다, 좀 쉬운 이름으로 가야 한다, 그러면서 '좀비 보험' 어떠냐고 말했더니 혀를 차더라고요."

철규가 말했다.

"좀비 보험이라... 확실히 확 와닿기는 하는데 소비자로선 거부감이 생길 것도 같네요."

"농담이었죠."

철규가 '아, 그렇군요.'라고 말하며 어색하게 웃어 보였다.

"봐요. 철규 씨는 억지로라도 웃어주잖아요. 그런데 얘는."

나나가 제니를 흘겨보았다. 제니는 나나의 말에는 아무런 대꾸도 하지 않고 철규에게 말했다.

"보내 드린 자료는 첫 번째 상담 전까지는 꼭 봐주세요."

"첫 번째 상담이 언제죠?"

"아직 몰라요. 일단 제 고객 중 적당해 보이는 사람들한테 홍보 메일을 보내놓았어요. 조만간 연락이 올 거예요."

"적당해 보이는 고객이요?"

철규의 물음에 제니는 우울증 보험에 가입한 고객 중 한 번이라도 관련 보험금을 청구한 적이 있는 고객 위주로 추렸다고 대답했다.

"우울증이 중독증과 관련이 있다고 보시는 건가요?"

"데이터를 분석하다 보니 그런 추측이 들었어요. 하지만 아직 상관관계가 명확히 밝혀진 건 아니에요. 그것과는 별개로 우울증 보험에 가입한 사람은 대개 다른 보험에도 많이 가입했어요. 보험 자체에 관심이 많다는 뜻이죠. 우수 고객이라는 뜻이기도 하고."

철규가 알겠다고 대답했다. 회의가 마무리되는 분위기였다. 나나가 기대에 찬 목소리로 제니에게 물었다.

"끝난 거지?"

제니는 대꾸하지 않았다. 철규가 말했다.

"그런 것 같은데요?"

나나가 신이 난 듯 외쳤다.

"가죠! 폴리 아나키로!"

3

서희는 이불 속에 숨어 은하에게 디엠을 보냈다.

  - 오고 있어? 올 때 마시멜로칩 하나만.

스마트폰을 베개 밑에 숨긴 서희는 이불 밖으로 고개를 내민 뒤 일부러 크게 하품했다. 입원했을 때부터 지금까지 내내 잠잘 때는 이불을 머리 끝까지 올리고 자는 척 연기했다. 간호사들은 이제 서희가 이불을 덮어 쓰는 걸 두고 뭐라 하지 않았고 의심도 하지 않았다. 그냥 버릇이려니 했다. 몇 번의 불시검문 끝에 의심의 눈초리가 거두어졌을 때, 은하가 몰래 스마트폰을 가져다주었다. 서희에게는 스마트폰이 유일한 탈출구였다. 은하가 게임 애플리케이션을 죄다 막아놔서 게임을 할 순 없었지만 게임 영상을 보는 것만으로도 숨통이 트였다.

병실 문이 열렸을 때 서희는 은하가 온 줄 알고 벌떡 일어섰다. 하지만 은하가 아니라 철규였다. 서희는 일으켰던 몸을 다시 누이며 이불을 덮어썼다. 철규가 말했다.

  "너 좋아하는 초콜릿 사 왔다."

서희는 이불 속에서 입술을 잘근 깨물었다. 초콜릿을 먹지 않은 지가 언젠데. 속으로 소리쳤다. 철규가 의자에 앉는 소리가 들렸다. 이어서 초콜릿 포장지를 까는 소리. 서희가 이불을 여전히 덮어쓴 채 소리쳤다.

  "안 먹어!"

  "어렵게 구한 거야."

  "아빠나 먹어. 나가서. 시끄러우니까."

한숨을 내쉰 철규가 이불자락을 잡고 끌어당겼다.

  "아빠 왔는데 얼굴은 보여줘야지."

서희는 이불을 잡고 버텼다. 하지만 철규의 힘을 이길 수는 없었다. 서희가 이불을 놓치자 그 반동을 못 이긴 철규가 뒤로 엉덩방아를 찧으며 넘어졌다. 서희가 씩씩대며 말했다.

"뭐하러 왔어? 나 안 미치고 잘 있나 구경하려고?"

조용히 일어난 철규가 포장지를 벗긴 초콜릿을 들고 서희 쪽으로 왔다.

"안 먹는다니깐!"

"골라 봐. 열두 가지 맛이야. 이건 오리지널, 이건 멜론, 이건 민트."

"안 먹는다고! 왜 사람 말을 안 들어? 왜?"

말없이 서희를 바라보던 철규가 깊은 한숨을 내쉬었다. 초콜릿을 탁자 위에 두고선 말했다.

"나중에 생각나면 먹어."

입술을 질끈 깨문 서희가 침대에서 일어나 탁자 쪽으로 걸어갔다. 탁자 앞에 선 채로 철규가 사 온 초콜릿을 모조리 입에 넣었다. 우걱우걱 씹자 입안에서 다양한 맛이 뒤섞였다. 서희는 그 맛이 쓰다고 느꼈다. 구역질이 날 것 같았지만 참고 계속 씹었다. 씹다가 꿀꺽 삼켰다. 서희가 철규 쪽으로 돌아섰다. 잘 보란 듯이 혀를 이리저리 움직이며 이 사이에 낀 초콜릿을 훑기 시작했다. 혀의 움직임을 따라 서희의 입술이 부풀어 올랐다가 내려앉았다. 끌어모은 초콜릿을 한 번에 꿀꺽 삼킨 서희가 말했다.

"다 먹었으니까 이제 가."

철규는 대꾸 없이 서희를 바라보고만 있었다. 근심 어린 표정을 한 채. 답답하고 억울하고 미안하다는 듯이 입을 앙다물고선. 서희는 그 얼굴이, 그 표정이 끔찍하게 싫었다. 서희가 바라는 건 걱정도, 동정도, 미안함도 아니었다. 작은 관심이면 족했다. 자신이 무슨 생각을 하며 사는지, 오늘 하루 기분은 어땠는지, 초콜릿이 싫어지고 나서 새로 좋아진 건 무엇인지 하는 것들. 그 외의 것들은 죄다 거짓이었다. 그저 흉내일 뿐이었다. 아빠라는 흉내, 자기 딸을 사랑한다는 흉내. 서희가 말했다.

"좀 있음 리갤 와. 방해하지 말고 제발 가."

그 말을 들은 철규가 갑자기 표정을 바꾸며 물었다.

"리갤이 누구야?"

서희가 기가 찬다는 듯이 '하' 소리를 냈다. 철규는 아직도 몰랐다. 서희가 은하를 리갤로 부르는 줄을. 소은하, 작은 은하, 그래서 리틀 갤럭시, 줄여서 리갤이라고 부른다고 몇 번이나 알려줬는데도. 아빠는 늘 그랬다. 무엇을 물어 놓고서 막상 서희가 대답하면 잘 듣질 않았다. 몇 번의 경험 끝에 서희는 아빠가 자신에게 무얼 묻는 게 정말 궁금해서가 아니라 자신에 관해 아무것도 모르기 때문이라는 것을 깨달았다. 아무것도 모르니까 질문밖에 할 수 없는 거라고. 철규가 추궁하듯 물었다.

"설마 여기서도 게임 하니?"

그렇게 물은 철규는 갑자기 서랍장을 뒤지기 시작했다. 서랍장에서 아무것도 찾지 못하자 이번에는 옷장 문을 열었다. 서희가 소리쳤다.

"지금 뭐 하는 거야? 멈춰! 안 멈춰?"

"어디에 숨겼어?"

옷장을 다 뒤진 철규가 침대 쪽으로 몸을 돌리자 서희가 막아섰다.

"미쳤어? 숨기긴 뭘 숨겼다고 그래!"

철규는 말없이 서희를 한 손으로 밀쳤다. 하지만 서희는 밀려나지 않았다.

철규가 양손으로 서희의 양팔을 잡았다. 서희가 비명을 질렀다. 철규가 놀라서 손을 놓았다. 서희가 말없이 철규를 노려보았다. 눈 한 번 깜박이지 않았다. 철규는 미안한 표정으로 무슨 말을 하려다가 멈추었다. 그러고는 표정을 바꾸며 말했다.

"정신 차려! 네가 만들어놓은 그 세상, 그 집, 그 사람들, 다 진짜가 아니야."

서희는 대꾸하지 않았다. 철규가 말을 이었다.

"죄다 거짓이야. 가짜라고."

서희가 기가 찬다는 표정으로 철규에게 말했다.

"아니. 그건 다 진짜야. 아빠가 가짜지."

"뭐라고?"

"아니, 아빤 가짜도 아니지. 아빤 그냥 껍데기야. 아무것도 아니라고."

철규는 말문이 막혀 서희를 노려보았다. 그러다 서희를 밀치고 다시 침대를 뒤지려 했다. 바닥에 넘어진 서희가 철규의 다리를 잡아끌었다. 철규의 손에 잡힌 이불이 바닥에 떨어졌다. 돌아선 철규는 자기 다리를 잡은 서희의 손을 완력으로 떼어내려 했다. 한쪽 손이 떨어졌을 때였다. 서희가 철규의 손등을 깨물었다. 철규가 짧게 비명을 질렀다. 그 순간 병실 문이 열렸다. 은하였다. 은하는 문을 미처 닫지도 않은 채 외쳤다.

"무슨 일이야?"

철규가 은하 쪽을 돌아보았다.

"너는…?"

은하가 놀라며 인사했다.

"어? 아저씨? 안녕하세요. 저 은하예요."

"부장님 딸?"

"오, 기억하시네요?"

은하가 활짝 웃으며 말했다. 그러고는 서희 쪽을 향해 손에 든 비닐봉지를 흔들어 보였다.

"딱 하나 남았더라."

서희 쪽으로 걸어간 은하가 침상 옆 협탁 위에 과자봉지를 꺼내서 올려놓았다. 마시멜로칩이었다. 은하가 바닥에 떨어진 이불을 주워들어 개키며 말했다.

"잠꼬대 심하게 했나 보네."

개킨 이불을 침상 끝에 놓으며 은하는 서희와 몰래 눈빛을 주고받았다. 서희가 베개 옆에 걸터앉아 은하가 가져온 과자봉지를 뜯었다. 은하가 철규에게 말했다.

"아저씨도 드셔 보세요. 근처 편의점 다 뒤져서 사 왔어요."

"난 뭘 좀 많이 먹고 와서. 너희 먹어."

"그러지 말고 하나만 드셔 보세요. 요새 이거 없어서 못 먹어요."

은하가 과자를 하나 집어 들어 내밀었다. 철규가 손을 저으며 대답했다.

"됐다. 집엔 별일 없고?"

"네. 아빠가 며칠 전에 아저씨 만났다고 했는데. 좋은 일 있으시다면서요?"

"아빠가 그런 말도 해?"

"할 얘기 안 할 얘기 다 해요. 아직 철이 안 들어서."

그렇게 말하고서 은하가 웃었다. 서희는 둘의 대화에는 관심이 없다는 듯 마시멜로칩을 와작와작 깨물어 먹기만 했다. 철규가 은하에게 물었다.

"여긴 자주 오니?"

"일주일에 서너 번? 얘가 자꾸 졸라요. 바빠 죽겠는데."

"... 고맙다. 재밌게 놀고 가렴."

병실 문을 열고 나가려던 철규가 무언가 생각났다는 듯 돌아서서 재킷 안주머니를 뒤져 지갑을 꺼냈다. 지갑에서 돈을 꺼내려는데 은하가 말했다.

"용돈 주시려는 거면 포켓머니로 주세요. 돈은 갖고 있다 괜히 잃어버리기만 해요."

서희는 그게 뭐냐는 듯한 표정을 짓는 철규를 은하가 다독이며 가르치는 걸 지켜보았다. 은하는 이런 일을 이미 여러 번 해본 듯 능숙한 투로 철규에게 포켓머니가 무엇인지, 어떻게 쓰는 건지 알려주었다. 잠시 뒤 '띠링' 소리와 함께 은하의 스마트폰이 빛이 났다. 은하가 자기 스마트폰을 흔들어 보이며 말했다.

"감사합니다, 아저씨. 서희랑 같이 사 먹을게요."

"그래."

철규가 대답하고 나서 서희를 향해 말했다.

"아빠 간다."

서희는 대꾸 없이 마시멜로칩을 먹기만 했다.

"야, 한서희. 너희 아빠 가신대잖아."

은하가 핀잔을 주자 그제야 대꾸했다.

"잘 가."

철규 쪽은 보지도 않은 채였다. 철규가 말없이 병실을 나갔다. 철규의 발소리가 사라졌을 때 은하가 서희에게 다급히 물었다.

"들켰어?"

서희는 고개를 가로저었다. 은하가 안도의 한숨을 내쉬며 말했다.

"깜짝 놀랐네."

서희가 은하에게 마시멜로칩을 내밀었다. 은하가 받아먹으며 말을 이었다.

"아저씨 진짜 오랜만이네."

서희는 여전히 아무 말도 하지 않았다. 은하가 중얼거렸다.

"넌 네 아빠한테 태도가 그게 뭐냐?"

한숨을 내쉰 서희가 자리에서 일어서며 말했다.

"너도 그냥 가라."

정말 가려는 듯 은하가 자리에서 일어섰다. 그러더니 침대 맞은편으로 갔다. 씨씨티비 쪽을 등으로 교묘하게 가린 은하가 갑자기 베개 밑에서 폰을 꺼내서 자기 주머니에 넣었다. 서희는 놀라서 은하를 바라보고만 있었다. 마음 같아선 당장 뺏고 싶었지만 그랬다가는 간호사한테 들킬 게 뻔했다. 은하가 태연한 표정으로 화장실 안으로 들어가 문을 잠갔다. 서희는 제자리에 선 채 외쳤다.

"또 뭐 하려고!"

화장실 안에서 은하의 목소리가 들려왔다.

"내가 하루에 세 시간만 보랬지? 와... 열일곱 시간? 미쳤어?
이게 게임 하는 거랑 다를 게 뭐야? 이래서 치료가 돼?"

"그거까지 막으면 나 평생 너 안 본다!"

서희가 소리쳤지만 은하는 아무런 대답이 없었다. 서희가 참지 못하고 화장실 앞으로 달려가서 문을 두드리며 말했다.

"야! 리갤! 경고했다! 나 확 죽어버릴 거야!"

잠시 뒤 변기 물 내리는 소리가 들리더니 은하가 밖으로 나왔다. 서희를 지나친 은하는 침대로 가서 조금 전처럼 씨씨티비를 등으로 가린 채 폰을 다시 베개 밑으로 밀어 넣었다.

서희는 당장 폰을 꺼내 은하가 무슨 짓을 했는지 확인하고 싶은 마음을 간신히 억눌렀다. 씩씩대며 은하를 노려보기만 할 뿐이었다. 아마 은하는 <패밀리 앤 컴퍼니>의 게임 영상 시청 사이트의 접속을 막아놓았을 것이다. 서희가 푹 빠져 사는 게임이었다. 빈센트 시티라는 가상 도시에 가족을 만들고 그들과 함께 가족 사업을 벌이는 게임. 병원에 오기 전 서희는 그 안에 자기만의 가족을 꾸리고는 종일 그 가상의 가족과 함께 살았다. 그러느라 밤을 새우는 일이 부지기수였다.

뒤늦게 서희가 게임에 중독됐음을 깨달은 철규는 서희를 중독 치료 전문병원에 입원시켰다. 광범위성 중독 증후군 검사 결과 서희는 75점으로 중증 판단을 받았다. 사실상 치료가 불가능하다고 할 수 있는 90점에서 15점 모자란 수치였다.

병원에 입원한 서희는 온라인에 접속할 수 있는 모든 기기와 기회를 박탈당했다. 병원에 입원한 지 일주일이 지났을 때, 서희는 자기가 가상 세계에 꾸려놓은 가족이 모두 자살하는 꿈을 꾸었다. 바로 다음 날, 서희는 면회 온 은하에게 울며불며 매달렸다. 자기 대신 자기 가족을 먹이고 재워달라고. 자기 가족이 먹고 자는 모습을 볼 수만 있게 해달라고.

은하는 서희를 대신해서 서희가 <패밀리 앤 컴퍼니>에 꾸려놓은 가족을 관리하기 시작했다. 그리고 매일 한 번씩 게임 영상을 비공개 계정에 업로드했다. 서희는 은하가 몰래 갖다준 스마트폰으로 그 영상을 보았다. <패밀리 앤 컴퍼니>를 비롯한 모든 게임의 접속이 막힌 스마트폰이었다. 비록 게임을 할 수는 없지만 서희는 자기 가족이 사는 모습을 보는 것만으로도 숨통이 조금 트이는 것 같았다. 하지만 언젠가부터는 그것만으로는 모자랐다. 서희는 다른 게이머들이 꾸린 가족의 영상도 찾아보게 되었고, 점점 거기 빠져들었다. 요 며칠은 거의 밤을 새우다시피 하며 다른 게이머들의 영상을 보았다. 그들이 꾸린 가족이 서희가 꾸린 가족보다 더 행복해 보였다. 서희의 가족은 엄마 아빠와 은하, 그리고 작은 고양이 한 마리뿐이었고 하는 사업도 기껏해야 고양이 놀이 용품을 만드는 일종의 가내수공업이었다. 반면 다른 게이머들의 가족 구성원은 다양했다. 할머니, 할아버지에 백부, 숙부, 삼촌, 이모, 고모, 아들딸, 손자 손녀 등 다양한 구성원들이 등장해서 다양한 가족 사업을 벌였다.

은하가 단호한 목소리로 말했다.

"오늘부터 폰은 나랑 연락하는 용도로만 써."

서희는 대답하지 않았다. 속에서 들끓는 화를 간신히 참아내고 있을 뿐이었다.

"며칠 지켜보다가 네 상태 좀 나아지면 그때 다시 풀어줄게."

서희의 얼굴이 울그락불그락했다. 그런데도 은하는 아랑곳하지 않고 말을 이었다.

"다시 풀어주더라도 동영상 시청 시간에 리미트 걸 거야. 하루 한 시간으로. 한 시간이면 네 가족 보는 시간으론 충분하니까."

서희가 갑자기 양팔로 은하를 잡더니 거세게 밀쳤다. 은하는 깜짝 놀라며 바닥에 쓰러졌다. 서희는 은하 쪽은 쳐다보지도 않은 채 침대에 누워 이불을 덮어썼다. 곧장 베게 밑에서 스마트폰을 꺼냈다. 이불 밖에서 은하의 목소리가 들려왔다.

"야, 한서희! 너 미쳤어?"

서희는 아무 대답도 하지 않았다.

"야! 미쳤냐고!"

은하가 다시 소리쳤을 때 서희가 낮은 목소리로 말했다.

"나가, 쌍년아."

4

차에 앉은 철규는 심호흡을 한 번 했다. 오늘은 꼭 계약에 성공해야 한다고 다짐하며. 철규와 제니는 지금까지 네 명과 상담했으나 별 소득 없이 계약에 실패했다. 그러는 동안 3주가 흘렀고, 다음 주면 제니와 계약한 지 딱 한 달이 된다. 제니는 계약 연장에 관한 말을 아직 한마디도 하지 않았다. 만약 오늘마저 아무런 성과를 내지 못한다면 계약이 연장될 리가 없었다. 철규는 제니와 계약을 맺었던 날을 떠올렸다. 제니는 약속했던 수당을 바로 그날 밤에 입금해 주었다. 인정하지 않을 수 없었다. 철규에게는 그 돈이 꼭 필요했다.

선바이저를 내린 철규는 거기 달린 작은 거울을 보며 최종점검을 했다. 머리가 집에서 나올 때와는 달리 헝클어져 있었다. 선바이저를 다시 올린 철규는 글로브박스를 열어 제법 큰 손거울과 오래돼 보이는 참나무빗을 꺼냈다. 손거울을 보며 가르마가 보이도록 단정하게 빗질한 뒤 비비크림이 들뜬 곳 없이 골고루 발렸는지 꼼꼼히 살폈다. 마지막으로 치아에 뭐라도 끼진 않았는지 확인하고 있을 때 제니가 차창을 톡톡 두드렸다. 철규는 다급히 손거울을 글로브박스에 집어넣고선 차에서 내렸다. 제니가 물었다.

"거울 기능 없어요?"

"네?"

"폰에요. 보통 다 있지 않아요?"

"아. 진짜 거울로 보는 게 마음이 더 편해서요."

철규의 대답에 제니가 진지하게 생각하는 표정을 지었다. 철규가 말했다.

"저한텐 폰은 폰이고, 거울은 거울이라서요. 폰으로 거울을 보려고 하면 어색하다고 해야 하나?"

철규가 폰을 잡고 흔들어 보이며 덧붙였다.

"이거 하나로 이것저것 다 한다는 게 뭔가 게을러지는 느낌이 들기도 하고요."

제니가 물었다.

"거기 있는 좋은 기능들 안 쓰고 놔두는 게 게으른 거 아닌가요?"

철규는 대답 없이 제니를 바라보았다. 단정한 단발머리에 앞머리를 일자로 잘랐고 가지런히 다듬은 눈썹도 경사가 완만해서 일자처럼 보였다. 눈꼬리가 위로 올라가 매섭게 보였으나 조금 전처럼 생각에 잠긴 표정을 지을 때는 진중한 느낌을 주기도 했다. 인중이 짧고 윗입술이 두터워 코끝이 입술과 가까웠고, 아랫입술은 상대적으로 작아 어쩐지 앙다문 듯했다. 하지만 생각에 잠겨 턱 끝을 살짝 들어 올리면 앙다문 게 아니라 곰곰이 곱씹고 있다는 느낌을 주었다.
시선을 내린 철규는 이번에는 제니의 옷차림을 보았다. 검은색 경량 패딩 재킷을 입었고 안에 회색 목폴라 티셔츠를 받쳐 입었다. 하의는 허벅지 쪽이 워싱 처리된 블랙진이고 신발은 새하얀 스니커즈였다.
첫 번째 상담을 하러 가기 전날, 철규는 고객을 직접 대면하는 게 처음인 제니를 위해 고객을 만날 때의 옷차림에 관해 간단히 설명해 줬었다. 단정하고 깔끔해 보이되 고객에게 너무 부담감을 주면 안 되고 편안한 인상을 주는 게 좋다고. 너무 포멀한 차림이면 안 된다는 뜻으로 한 말이었는데 제니는 그 말을 조금 다르게 받아들인 모양이었다. 지난 네 번의 상담 때 모두 같은 옷을 입고 왔고 오늘도 똑같은 옷차림이었다.
제니가 철규의 손등을 쳐다보며 물었다.

"다치셨나요?"

철규는 밴드를 붙인 손을 들어 보이며 별일 아니라는 듯 말했다.

"옆집 개랑 좀 놀아줬더니 이 모양이네요."

제니가 시선을 거두며 말했다.

"가시죠."

철규와 제니가 온 곳은 서울 근교의 단독주택단지였다. 이곳에 그들의 다섯 번째 상담자가 살고 있었다. 둘은 먼저 경비센터에 들렀다. 들어가자마자 방문자 명부를 작성한 뒤 소독액이 분사되는 간이문을 통과했다. 이어서 혀의 상피를 묻힌 면봉을 바이러스 검사기에 넣고 기다렸다. 잠시 뒤 초록 등이 켜졌다. 경비는 그제야 일회용 출입 코드를 둘의 폰으로 전송해주었다. 그러는 동안 둘은 경비의 얼굴을 한 번도 보지 못했다. 음성 안내를 따를 뿐이었다. 경비센터를 나서며 철규가 말했다.

"보안이 철저하네요."

제니가 대꾸했다.

"방역이 철저한 거죠."

"... 나이가 드니까 말이 자꾸 헛나오네요."

제니가 걱정된다는 눈빛으로 철규를 쳐다보았다.

"걱정하지 마세요. 고객 앞에선 실수한 적 없습니다."

제니가 아무 대꾸를 안 하니 철규는 괜히 투덜댔다.

"팬데믹 끝난 지가 언젠데 좀 심하네요.

어째 얼굴 한 번을 안 보여주지? 기계랑 대화하는 것도 아니고.

서로 인사 정도는 할 수 있는 거 아닌가."

제니는 그 말에는 대꾸했다.

"끝난 게 아니라 차단된 거죠."

"아직 안 끝났다고 생각하세요?"

"아무도 모르는 일이죠."

"이번에 아프리카에 퍼진 것 때문에 그러시는 거죠?

걱정하지 마세요. 이미 치료제도 나와 있는데 금방 잡히겠죠.

그 사람들이 한국에 올 수 있는 것도 아니고."

제니가 철규의 얼굴을 빤히 쳐다보며 물었다.

"어떻게 그렇게 확신하시죠?"

"네?"

"바이러스는 지금까지 세 번 변이했어요.

세 번째 변이종은 기존 백신으로는 잡히지 않았고, 새로운 백신을 만드는 데만 1년이 더 걸렸죠."

"그건 저도 잘 아는 이야기입니다만…"

제니가 단호한 목소리로 말했다.

"바이러스는 사라지는 게 아니에요. 잠시 제압당할 뿐이죠. 다시 얼굴을 드러냈을 때 어떻게 변해 있을진 아무도 몰라요."

"틀린 말은 아닙니다만… 정부에서도 공식적으로 팬데믹 종료를 선언한 마당에 그렇게 빡빡하게 굴 것까지야."

철규는 말끝을 일부러 얼버무리며 대화를 대강 마무리 지으려 했다. 하지만 제니는 물러서지 않았다. 오히려 조금 전보다 더 강경한 목소리로 말했다.

"목숨이 달린 문제예요."

"네?"

"사람들이 다른 사람을 만나려 하지 않는 건 목숨이 달린 문제이기 때문이라고요."

철규는 제니가 자신을 힐난하고 있다고 느꼈고 그게 부당하다고도 느꼈다. 한동안 가만히 제니를 바라보던 철규가 말투에서 장난기를 지우고 물었다.

"사람이 사람을 만나지 않고 사는 것도 목숨이 달린 문제 아닐까요? 저희가 지금 이러고 돌아다니는 거, 사람들이 병들어 가고 있기 때문이잖아요. 심각해지면 죽을지도 모르는 병이요. 서로 안 만나고 사는 동안 생긴 병이라고 생각하는데요. 매니저님께서도 상황이 심각하다는 거 잘 아시고 보험 만드신 거잖아요? 아닌가요?"

제니는 말없이 철규를 바라보다가 물었다.

"사람들이 전염병 때문에 서로 안 보고 살게 된 거라고 생각하세요? 집안에만 있다 보니까 어느새 습관이 된 거라고?"

제니는 시간이 지나면 어차피 사람들은 서로 안 보고 살게 될 거였다고 말했다. 팬데믹이 그 시기를 앞당긴 것일 뿐이라고.

"팬데믹 이전에도 사람들은 서로 만나지 않고 소통하는 데 이미 익숙했어요. 직접 만나서 얘기하는 것보다 메신저나 SNS로 소통하는 걸 더 즐겼죠. 심지어 같은 곳에 있을 때도 얼굴 보고 말하는 것보다 메신저로 대화하는 걸 더 편하게 느끼는 사람들도 많았어요."

철규는 잠자코 제니가 하는 말을 듣기만 했다. 하고 싶은 말을 다 해보라는 듯이. 제니가 다시 물었다.

"매니저님은 사람이 사람을 만나는 걸 좋아하는 동물이라고 생각하시나요?"

제니는 오히려 사람은 원래 사람을 두려워했다고 말했다. 서로 적이었다고. 그런 그들이 무리 지어 살기 시작한 건 강력한 우두머리의 보호를 받기 위해서였다는 것이다. 먹을 걸 주고 보호막이 되어 주니 복종하고 살았던 것일 뿐 결코 같이 사는 게 좋아서 그랬던 게 아니었다고.

"매니저님께서는 사람들 틈에서 웃고 있다가도 갑자기 쓸쓸하고 외롭다고 느끼신 적 없나요? 군중 속의 고독 같은 걸 말하려는 게 아니에요. 사람은 누구나 아무 이유 없이 갑자기 고독에 빠질 때가 있어요. 근본적으로 인간이 서로 미워하기 때문이에요. 혼자 있고 싶어 하죠. 그게 유전자에 깊숙이 새겨진 본능이에요. 사람들 틈에서 살다 보면 자기도 모르는 새 억누르고 있던 그 본능이 불쑥 불쑥 솟구치는 거예요."

제니는 문명이 발달한 건 바로 그 본능을 효과적으로 억눌렀기 때문이고 그러는 동안 진짜 본능은 잊히고 감금당했다는 말이었다. 서로 어울리고 아끼고 위해주는 게 진짜 본능인 것처럼 돼버렸고, 거기서부터 사랑이 개발됐다고.

"그 뒤로 어떻게 됐는지는 말 안 해도 잘 아시겠죠."

제니는 하지만 문명이 발달할 대로 발달한 지금은 더는 안전을 걱정할 필요가 없어졌고, 그 결과 억눌렸던 본능이 점점 깨어나고 있다고 말했다. 혼자 있길 원했던 태초의 본능이.

철규는 제니의 말을 들으며 쉽게 끝이 날 문제가 아니라고 느꼈고, 당장 중요한 계약 상담을 앞둔 마당에 더는 서로 감정 상할 일을 만들 필요가 없다고 판단했다.

"잘 들었습니다. 무슨 말씀이신지 알겠어요. 한 번 깊이 생각해 보겠습니다."

제니와 함께 일하는 게 힘들 거라고 일찌감치 예상했었다. 하지만 설마 이런 것들로 힘들어질 줄은 몰랐다. 철규가 보기에 제니는 매사 너무 철저했다. 꼭 어떤 빈틈도 만들지 않으려는 사람 같았다. 그게 업무 영역에 국한된다면 나쁠 건 없었다. 철규는 제니와 일한 지 불과 며칠 만에 그것을 진심으로 인정했다. 제니는 무슨 일을 하든 프로페셔널하다는 인상을 주었고 실제로도 그랬으니까. 제니의 페이지만큼 보험 상품을 쉽고 간략하게 설명해 놓은 페이지는 없었다. 그러면서도 핵심은 단 하나도 놓치지 않았다.

철규는 지난 삼 주를 돌이켜보았다. 그동안 철규는 제니의 집에 서너 번 더 들렀다. 그때마다 제니가 어떻게 일하는지를 어깨너머로 보았다. 제니는 매일 자기 페이지로 유입되는 이들의 데이터를 연령대별, 시간대별로 분석했고 그래프에 조금이라도 변화가 생기면 곧장 대처할 준비를 했다. 그래프의 변화는 대개 일시적이었고 금세 원래대로 돌아왔다. 하지만 제니는 그조차도 따로 데이터베이스화해 두었다. 철규가 왜 그런 무의미한 데이터를 모아두는지 물었을 때 제니는 무의미해 보이는 데이터도 큰 흐름에서 바라보았을 땐 유의미할 수 있다고 대답했다. 철규가 물었다.

"그런 건 다 어디서 배우셨어요?"

제니는 '엄마한테요'라고 대답했다.

"어머니께서 철저하신 분이셨나 보네요."

"네."

철규는 무언가를 더 묻고 싶었으나 그러지 않았다. 대신 자기 가족 얘기를 꺼냈다.

"저희 엄마는 허술한 분이셨어요. 요리를 다 하고 나서야 뭘 빠뜨렸는지 깨닫고선 다시 넣곤 하셨죠. 그런 모습이 싫지 않았습니다. 어쨌든 요리는 맛있었으니까요."

"그렇군요."

"와이프는 엄마와는 정반대의 사람이었습니다. 레시피를 딱딱 맞췄죠. 몇 그램 단위까지 철저하게요. 맛은 없었어요."

웃기를 바라고 한 말인데도 제니는 웃지 않았다.

"나중에는 사 먹거나 제가 요리했죠. 딸은 제가 해주는 걸 더 맛있어했습니다."

"그렇군요."

제니는 대답하고 나서 철규를 가만히 바라보았다. 철규는 형준이 말했던 눈빛이 바로 이것이구나 하고 느꼈다. 깊은 곳으로 빠져드는 느낌. 자기 안으로 사람을 끌어들여 놓고선 아무런 말도, 행동도 하지 않은 채 영원히 지켜보기만 할 것 같은 느낌.

"딸한테 요리해 준 게 언젠지 이제 기억도 안 나네요."

"어디 갔나요?"

"... 와이프가 죽고 나서 사이가 좀 멀어졌습니다."

제니의 표정에 잠시 변화가 생겼다가 이내 원래대로 돌아왔다. 무슨 말을 하려는 듯 입술을 움직이는 게 보였다. 하지만 결국 아무 말도 하지 않았다. 철규는 그 몇 초 사이에 많을 걸 느꼈다. 제니가 무슨 생각을 했을지, 무슨 말을 하려 했던 것인지는 알 수 없으나 결국 아무 말도 하지 않은 데서 이제껏 아내의 죽음에 대해 그 누구에게 받았던 것보다도 더 큰 위로를 받았다.

그때의 기억에서 빠져나온 철규는 어그러진 분위기를 풀어보려는 듯 가벼운 투로 말했다.

"생각해 보니 팬데믹이 터지기 전에도 서로 안 보고 사는 사람들은 많았네요. 아주 사소한 일로 다투고 나서 평생 안 보는 거죠. '감히 나한테 그런 모욕적인 말을 했어? 끝이야. 다신 보지 말자!' 하면서. 하지만 그런다고 해서 그 둘이 만날 가능성이 완전히 사라진 건 아니었단 말이죠. 언젠간 다시 만나게 될지도 모른다, 길 가다 마주치면 어떡하지, 나중에 혹시라도 화해하면 다시 얼굴 보고 웃을 수 있을까. 그런 상상들이 가능했어요. 그런데 지금은...

상상조차 불가능해 보여요. 시간이 갈수록 사람들이 만날 가능성 자체가 아예 사라지는 느낌이라고 해야 하나."

철규는 잠시 말을 멈추었다가 혼잣말하듯 물었다.

"어떤 일에 가능성이 없다는 건 대체 무슨 의미일까요? 상상할 수 없다는 건 또 어떤 의미일까요?"

철규가 머리를 긁적이며 말했다.

"전 죽은 것처럼 느껴집니다. 그래서 두려워요. 저는 아무래도 사람들을 만나지 않고 살 자신이 없네요. 아무튼 매니저님께서도 나나 씨는 좋아하시잖아요?"

제니는 잠시 사이를 두었다가 대답했다.

"네."

"저도 나나 씨가 좋습니다."

제니가 철규를 빤히 쳐다보았다.

"농담이에요. 가시죠."

말을 마친 철규가 자기 차 트렁크에서 종이가방을 꺼내왔다. 제니가 물었다.

"그건 뭐죠?"

"오늘의 필살 무기."

철규가 종이가방을 흔들어 보이며 말했다. 제니가 못마땅하다는 표정으로 물었다.

"필살 무기?"

"초콜릿이에요. 요즘 유행하는. 잘 먹혀야 할 텐데 말이죠."

"이런 건 미리 상의했어야 하는 거 아닌가요?"

"그냥 가벼운 선물이에요."

"우리가 왜 선물을 줘야 하죠?"

"그야"

제니가 철규의 말을 끊었다.

"계약은 쌍방의 이윤이 합치할 때 이루어지는 합리적인 일이에요. 거기 이런 게 필요하다는 게 잘 이해가 되질 않네요."

철규가 짧게 한숨을 내쉬었다. 저는 기껏 분위기를 풀어 놓았는데 또 다시 이런 상황이 닥친 게 잘 이해가 안 되는데요, 라고 말하고 싶은 걸 꾹 참으며.

제니는 종이가방을 다시 차에 넣으라는 듯 계속 쳐다보았다. 철규는 그러지 않았다. 언제까지 제니에게 끌려다닐 순 없었다. 제니는 사람을 대면하는 일이 메일로 하는 소통과는 전혀 다르다는 것을 이해하려 하지 않았다. 지난 상담들이 실패로 끝난 게 단지 '이윤의 합치'가 이루어지지 않아서일 뿐이라고 생각하는 게 틀림없었다. 사람이 직접 얼굴을 맞대고 만나는 일은 아주 사소한 말이나 행동, 그리고 때로는 이런 가벼운 선물에 따라 분위기와 감정이 순식간에 뒤바뀌는 일이라는 걸 인정하려 들지 않았다. 철규는 그걸 말로 설명할 자신이 없었다. 겪어 보아야지만 알 수 있는 일이었다. 철규가 제니에게 물었다.

"저를 파트너로 맞으신 건, 아니, 저랑 계약하신 건 사람을 대하는 제 능력을 믿어서죠?"

제니는 잠자코 듣기만 했다. 철규가 종이가방을 들어 보이며 단호히 말했다.

"이건 제 능력 중 하나입니다."

이번에는 제니가 한숨을 내쉬며 말했다.

"알겠어요. 대신 앞으론 주의해 주세요. 이런 일은 꼭 사전에 저와 상의하셔야 해요."

철규는 알겠다고 대답했다. 그러고선 종이가방을 흔들며 앞장서서 걸어갔다.

둘이 오늘 상담할 사람은 사십 대 초반의 치과의 심숙희였다. 제니의 페이지를 통해 생명보험과 연금보험, 어린이 보험에 가입했고 팬데믹 시절에는 가족 한정 특약 블루 보험에 가입하기도 했다. 제니는 광범위성 중독 증후군 보장 상품을 처음으로 팔아보기에 심숙희가 가장 적당할 거라고 말했다. 지난 보험들을 계약하며 여러 번 메일을 주고받아보니, 심숙희는 이해가 빠르고 숫자를 좋아한다는 것이었다.

"계약에 실패하더라도 대화해 보면 상품에 이상한 점은 없는지, 보장금액은 적당한지 등을 파악하기 좋을 거예요."

심숙희가 인터폰을 통해 둘에게 처음 한 말은 방문자 출입 코드를 보여 달라는 말이었다. 출입 코드를 확인하고 나서야 인사말이 나왔다.

"반갑습니다. 들어오세요."

심숙희는 그들을 응접실로 안내했다. 제니의 집처럼 멸균 시스템을 갖춘 곳이었다. 심숙희가 말했다.

"저도 여긴 오랜만이네요. 평소엔 쓸 일이 없어서요."

철규가 말을 받았다.

"여기 제니 매니저님 댁에도 있는데요. 제가 갈 때 말곤 통 안 쓰시더라고요."

심숙희가 의아하다는 듯이 물었다.

"두 분 무척 친하신가 봐요."

제니가 딴소리하기 전에 철규가 얼른 대답했다.

"네. 친합니다. 같이 오래 일했거든요."

제니가 철규를 흘깃 쳐다보았다. 심숙희가 제니에게 말했다.

"메일은 많이 주고받았었는데 실제로는 처음 뵙네요."

제니가 무심히 대꾸했다.

"네."

철규가 얼른 둘 사이에 끼어들었다.

"제니 매니저님께서 우리 고객님께 감사하단 말을 참 많이 했습니다."

심숙희가 못 믿겠다는 듯 고개를 한쪽으로 살짝 기울이며 물었다.

"그런가요?"

철규가 잽싸게 들고 온 종이가방을 내밀었다.

"이게 뭐죠?"

"제니 매니저님께서 특별히 드리는 선물입니다."

심숙희가 종이가방 안을 슬쩍 들여다보았다. 그사이 제니가 철규를 쏘아보았다. 철규가 얼른 말했다.

"요새 완전 난리더라고요. 구하느라 애 좀 썼습니다."

"에어비 초콜릿?"

"12가지 맛 세트로 준비했습니다. 제가 우리 고객님 치과의사신데 초콜릿을 선물로 드리는 건 좀 그렇지 않냐고 했는데도 제니 매니저님께서 이게 요즘 최고라고 우기셔서…"

철규는 일부러 말꼬리를 흐렸다. 심숙희가 말했다.

"아니에요. 저희 딸이 좋아하겠네요."

철규가 덥석 말을 받았다.

"제 딸도 좋아합니다."

"딸이 있으세요?"

"네. 이제 열세 살인데 어찌나 말을 안 듣는지."

철규가 고개를 절레절레 젓자 심숙희가 미소지으며 말했다.

"그럴 나이죠."

철규는 일이 잘 풀려간다고 느꼈다. 옆에서 아무 말도 하지 않고 심숙희를 조용히 보고만 있는 제니만 아니라면 계약하는 데 걸림돌이 될 건 없어 보였다. 철규는 제니의 머릿속에 오 닥터가 준 관찰표의 여러 항목이 가지런히 떠 있는 상상을 했다. 심숙희를 바라보며 그 항목들을 하나하나 대조하고 있을 게 틀림없었다.

심숙희가 이만 자리에 앉자고 손짓했다. 제니와 철규가 한쪽에 나란히, 심숙희가 그 맞은편에 앉았다.

제니는 자리에 앉자마자 태블릿을 꺼내 계약서를 불러들였다. 제니가 무슨 말을 꺼내기 전에 철규가 먼저 말했다.

"따님께선 나이가 어떻게 되시죠?"

"내년에 고등학교에 들어가요."

"다른 분이라면 걱정 많으시겠다고 말씀드렸을 텐데 우리 고객님께는 안 그래도 될 것 같네요. 뭐, 워낙 잘하겠죠."

"그렇지도 않아요. 예전엔 책도 많이 읽고 알아서 공부도 하고 그랬는데 요즘은…"

"사춘기 때는 다 그렇죠, 뭐."

"사춘기여서 그런 거면 다행이겠네요."

"어디 다른 데 관심 팔린 거라도...?"

"요새 애들 다 그렇죠. 그냥 이것저것..."

심숙희는 딸에 관해서 더는 말하기를 꺼렸다. 철규는 재빠르게 화제를 돌렸다.

"식사는 하셨나요?"

"네. 조금 전에. 하셨나요?"

"네. 오는 길에 했습니다. 오다 보니까 맛집들이 많더라고요."

"그것 때문에 주말에 차가 너무 막혀요. 평소에는 집 밖으로 잘 나오지도 않으려는 사람들이 먹을 거라면..."

"경계심이 좀 없죠? 저흰 그냥 국밥 한 그릇씩 후딱 먹고 나왔습니다."

"제가 괜히 쓸데없는 말을 했네요."

"아닙니다. 걱정하는 게 맞죠. 걱정해야 대비도 하고, 대비해야 일이 생겼을 때... 아, 갑자기 너무 보험 파는 사람 같았네요."

철규가 웃자 심숙희도 따라서 가볍게 웃었다. 그러면서 슬쩍 고개를 숙여 자기 스마트폰을 보았다. 철규는 심숙희가 그러는 게 벌써 세 번째라는 걸 기억했다. 만나고부터 지금까지 단 한 번도 손에서 스마트폰을 놓지 않았다는 사실도.

"그럼 본론으로 들어가 볼까요?"

철규는 그렇게 말하고 나서 제니를 슬쩍 쳐다보았다. 제니가 말하기 시작했다.

"메일로 이미 다 전달 드렸던 내용이긴 한데."

제니는 상품의 내용이나 보장 범위, 보험료, 보장금액 등에 대해 자세히 설명했다. 심숙희는 집중해서 제니의 말을 들었다. 철규는 제니가 말했던 대로 그가 숫자에 민감하다는 걸 느꼈다. 설명이 제법 길어지는데도 주의를 한 번도 다른 곳으로 돌리지 않았다.

제니가 설명을 끝마쳤을 때 심숙희는 잘 알겠다는 듯 고개를 끄덕이며 다시 한번 자기 스마트폰을 내려다보았다. 철규가 심숙희를 슬쩍 떠보았다.

"혹시 급하신 일이라도?"

심숙희는 깜짝 놀란 듯 고개를 들며 대답했다.

"아니에요. 오신다고 해서 오후 스케줄 싹 비워놨어요."

"그렇게까진 안 하셔도 되는데... 정말 감사합니다."

철규는 그 말을 끝으로 일부러 아무 말도 하지 않았다. 서류 가방에서 계약서를 꺼내 무언가 확인할 게 있다는 듯 훑어보는 척했다. 심숙희는 제니가 가입 연령과 가입 조건에 관한 부분을 설명할 때 눈을 살짝 가늘게 떴었다. 철규는 그 시점에 관해 말을 꺼낼 타이밍을 쟀다. 일 분이 채 지나기 전에 심숙희가 먼저 말을 꺼냈다.

"오랜만에 보네요."

철규가 '네?' 하고 묻자 심숙희는 계약서를 종이로 보는 게 오랜만이라고 했다. 철규는 심숙희가 진짜 하고 싶은 말을 하기 전에 일부러 다른 말을 꺼낸 것임을 알았다. 이럴 때는 편안한 마음을 갖게 해주어야 했다. 철규가 너스레를 떨며 말했다.

"제가 좀 올드한 편이라서요. 이렇게 종이로 직접 보는 게 마음도 더 편하고 머리에도 더 잘 들어오고 그렇습니다."

심숙희가 웃으며 말했다.

"저도 그럴 때가 있어요."

"동지를 만난 것 같네요. 기쁩니다."

철규는 때가 되었다고 느꼈다. 심숙희에게 슬쩍 물었다.

"혹시 설명 들으시면서 궁금한 점은 없으셨나요?"

심숙희가 망설이다가 말했다.

"가입하려면 광범위성 중독 증후군 검사를 받아야 하고, 가입한 뒤에도 주기적으로 받아야 한다고 들었는데 맞지요?"

심숙희는 계약서상 중독 증후군 검사 수치가 15점 이하여야만 가입할 수 있다고 돼 있는데 그 정도면 어느 정도 수준인지, 가입 후 수치가 90점 이상이 되었을 때 발생한 피해에 대해서는 보상해 줄 수 없다고 했는데, 90점이면 얼마나 심각한 수준인지 물었다. 제니가 평온한 말투로 검사 수치가 15점을 넘었을 때부터 중독 증후군에 걸렸다고 판단하며 70점을 넘으면 중증이라고 설명했다. 90점을 넘으면 치료가 사실상 불가능한 수준이라 보상에서 제외한 것이라고 말했을 때 심숙희가 조심스레 물었다.

"90점이 넘으면 그… 좀비라는 말씀이신가요?"

철규가 재빨리 대답했다.

"표현이 좀 그렇긴 한데, 그렇다고 보시면 이해가 빠르시긴 할 겁니다."

"하나만 더 여쭐게요."

심숙희는 만약 가입 후 증세가 갑자기 나빠져서 정기 검사를 미처 받기도 전에 수치가 90점 이상으로 오르면 그때는 전혀 보상을 받을 수 없는 건지 물었다. 제니가 대답했다.

"통계상 수치가 15점 이하였던 사람이 한 달 만에 그 정도로 증세가 심각해진 적은 없습니다. 경증 환자가 치료받지 않고 있다가 중증에 이르는 데 걸리는 시간만 해도 평균 반년이 조금 넘으니까요."

심숙희는 말없이 자기 볼을 매만지다가 물었다.

"검사 수치는 휴먼 라이프의 자체적 기준을 따른다고 이해했는데 맞죠?"

제니가 대답했다.

"네."

"그게 요즘 흔히 사용하는 진단법과 기준이 많이 다른가요?"

이번에는 철규가 대답했다.

"걱정하시는 게 무엇인지 잘 압니다. 저희가 만든 진단법 기준이 너무 빡빡할까 봐 그러신 거죠? 하지만 여기 보시면 그런 걱정을 하실 고객님들을 위해 원하실 경우 외부기관의 진단도 수용하고 있다는 내용이 포함돼 있습니다. 단, 검증된 기관이어야 하고 검사일이 계약일 기준으로 사흘 이내여야 하며, 심사 비용도 직접 부담하셔야 합니다."

철규는 잠시 뜸을 들였다가 말을 이었다.

"저희가 자체 진단법을 만든 건 고객님들의 번거로움을 덜어드리기 위해섭니다. 외부기관에 다녀오시느라 시간 뺏기고, 제출 기한도 신경 쓰셔야 하는 여러 불편함을 덜어드리는 거죠."

철규는 기세를 몰아 말했다.

"게다가 지금은 시판 기간이라 이 기간에 가입하시는 고객님께는 특별히 가입 조건을 완화해 드리고 있습니다."

"완화요?"

"네. 원래 검사 수치가 15점 이하여야 가입 가능한데, 지금 가입하시면 20점 이하면 됩니다."

심숙희의 눈빛이 바뀌었다. 철규가 쐐기를 박듯 말했다.

"20점이라는 수치가 낮아 보일 수 있는데 사실 낮은 게 아닙니다. 만약 우리 심숙희 고객님께서 하루에 6시간씩 어떤 게임을 하루도 안 빼먹고 하신다, 그렇게 가정해도 20점을 넘지 않습니다."

심숙희가 마음을 굳힌 듯 물었다.

"혹시 딸이랑 같이 가입할 수도 있나요?"

"물론이죠. 검사받는 데 동의만 하신다면 누구든 가능합니다. 가족분들 모두 가입하시면 보험료 할인 특약도 적용되고요. 보자, 심숙희 고객님께서는 이미 가족한정 블루 보험에 가입하셨으니까 이번에도 가족한정으로 가입하시면 온가족 정신보험 1+1 할인 특약도 받아보실 수 있겠네요."

"딸한테 물어보고 결정해도 될까요? 남편이야 제가 하자는 대로 할 거고."

"물론이죠. 기다리겠습니다."

철규는 딸이 집에 있다는 걸 이미 알고 있다는 듯이 말했다. 심숙희가 곤란하다는 반응을 보였다.

"아, 딸 애가 집에 있긴 한데 지금은 뭘 좀 하느라고..."

"그러면 물어보시고 나서 언제든 연락 주십시오."

철규가 계약서는 메일로 보내놓겠다고 말하고 나서 제니를 쳐다보았다.

제니가 심숙희의 계정으로 곧장 계약서를 첨부한 메일을 전송했다.

"파일 열어보시면 저희가 따로 붉게 표시한 부분이 있습니다. 거기 서명해 주시면 됩니다. 서명한 파일 보내주시면 최대한 빨리 검사일 잡도록 하겠습니다."

철규가 자리에서 일어서며 감사하다고 꾸벅 인사했다. 고개를 숙일 때 심숙희 몰래 제니를 툭 쳤다. 제니도 철규를 따라 인사했다. 따로 감사하다는 말은 하지 않았다. 심숙희가 호기심 어린 눈길로 제니를 바라보며 말했다.

"제니 매니저님은 메일로 소통했을 때랑 인상이 같은 것 같기도 하고 다른 것 같기도 하네요."

제니는 아무 대꾸 없이 심숙희를 쳐다보기만 했다. 철규가 얼른 나섰다.

"조금 까칠해 보여도 속정은 많은 분이세요. 제가 청송 심씨들 많이 만나봤는데 신기하게도 다들 그러시더라고요. 겉으로는 좀 차가워 보여도 지내보면 그만큼 따뜻한 분들이 없습니다."

심숙희가 반색하며 제니에게 물었다.

"청송 심씨세요? 저돈데."

제니는 당황한 듯 아무 대답도 하지 않았다. 이번에도 철규가 대신 나섰다.

"본명이 심재희세요. 외국에서 오래 지내다 오셨고, 또 이쪽 일 트렌드가 영어 이름 쓰는 거기도 해서."

"그러셨군요. 반가워요. 청송 심씨는 정말 오랜만에 보네요."

심숙희가 제니에게 손을 내밀었다. 제니는 얼떨결에 심숙희와 악수했다. 그러면서 생각했다. 본관이 같다는 이유만으로 선뜻 경계를 푸는 심숙희는 과연 내가 아는 그 합리적인 인간이 맞나. 그리고 무엇보다도, 한철규는 내 본명을 어떻게 알았을까.

심숙희의 집에서 나와 차로 걸어가는 동안 제니와 철규는 이전 상담 때 그랬듯 고객에 관한 의견을 주고받았다. 의견이 일치하는 부분도 있었고 갈리는 부분도 있었다. 평소라면 의견이 갈리는 지점에 관해 집요하게 물었을 제니였지만 오늘은 그러지 않았다. 철규가 자기 본명을 말한 일이 마음에 걸려서 자꾸만 생각이 그리로 빠졌기 때문이다. 제니는 설계사 일을 시작한 뒤로 자기 본명을 누구에게 말한 적이 단 한 번도 없었다. 그걸 누군가 아는 게 싫었기 때문이다. 이미 오래전 그 이름을 떠나왔다고 믿었으니까. 기억하기 싫은 모든 걸 거기 남겨둔 채로. 그래서 제니는 철규에게 자꾸만 따져 묻고 싶었다. 대체 자기 이름을 어떻게 알았느냐고. 왜 자기 허락도 없이 심숙희에게 말했느냐고. 하지만 그런 걸 묻는 일 자체가 수치스러웠다. 감정을 내비치지 않으려고 애를 썼지만 그럴수록 점점 더 화가 났다. 왜, 왜 남의 사적인 정보를 그렇게 함부로. 대체 왜?

경비센터 앞에 도착했을 때, 제니는 차에 타려는 철규에게 물었다.

    "고객의 마음을 살 수 있다면 어떤 짓이든 하는 게 매니저님 방식인가요?"

철규는 차 문손잡이를 잡았던 손을 내려놓으며 뒤돌아보았다. 제니는 평소처럼 차분한 말투로 말했으나 그 안에는 철규를 향한 명백한 비난과 들끓는 감정이 담겨 있었다. 철규는 제니가 그러는 이유를 알 것 같았다. 하지만 모르는 척 물었다.

    "그게 대체 무슨 말씀이시죠?"

"말씀드려야 아나요?"

제니는 철규를 노려보고 있었다. 철규도 지지 않고 노려보았다. 침묵은 오래가지 않았다. 철규가 비꼬듯 말했다.

"좋습니다. 앞으론 모든 걸 상의하도록 하죠. 제가 무슨 말을 할지까지 모조리 다. 아, 그럴 게 아니라 아예 대본을 써주시죠?"

제니는 철규를 노려볼 뿐 대꾸하진 않았다. 철규는 전부터 제니의 그런 태도가 마음에 들지 않았다. 상호 어떤 문제가 발생했을 때 아무 말도 하지 않아도 되는 건 윗사람만의 특권이라고 생각했기 때문이다. 물론 제니가 스스로 윗사람이라고 생각해서 그런다고는 여기지 않았다. 그저 제니는 원래 그런 사람이라고 여기고 넘겨왔다. 하지만 지금은 달랐다. 제니를 이해해주고 싶은 마음이 전혀 들지 않았다. 철규가 말했다.

"아, 참! 깜박했습니다. 번거롭게 그러실 필요 없겠네요. 다음 주면 계약이 끝나니. 그동안 즐거웠습니다."

그러고는 몸을 돌려 차에 타려다 말고 다시 뒤돌아섰다.

"혹시 보험설계사가 갖추어야 할 세 가지 실에 대해 들어보셨나요?"

제니의 얼굴에 그게 대체 무슨 소리냐는 표정이 스쳐 지나갔다. 철규가 말했다.

"성실, 진실. 그리고 절실."

철규는 대꾸 없는 제니를 향해 한 발자국 다가갔다. 이제 제니와 그의 거리는 채 반 미터도 되지 않았다.

"매니저님은 성실하십니다. 매우 인정하는 바입니다. 비록 제 기준과는 조금 다른 것 같지만, 진실하시다는 것도 인정합니다. 하지만."

철규는 말을 멈추었다가 다시 말했다.

"절실하진 않습니다. 절실하다는 말이 구질구질하다고 여겨지실 테죠. 오늘 저를 보면서도 이 사람은 왜 이렇게까지 하는 건가, 생각하셨을 테고."

제니는 여전히 아무 말도 하지 않았다.

"저는 절실합니다. 처음 이 일을 시작했을 때도 그랬고 보험왕이 됐을 때도 그랬고 지금도 그렇습니다. 말하고 보니 정말 구질구질하네요. 절실한 게 뭔지 아무리 설명해도 모를 사람한테 대체 무슨 헛소리를 하는 건지…"

철규는 그 말을 끝으로 차를 타고 그 자리를 떠났다.

제니는 철규의 차가 멀어지는 걸 가만히 지켜보았다. 철규에게 자기 본명을 이야기해 준 게 누구인지는 굳이 묻지 않아도 알 수 있었다. 나나. 그 이름을 아무렇지 않게 말해줄 사람은 나나뿐이었다. 과연 나나는 나에 대해 어디까지 말했을까. 제니는 상담이 끝나면 폴리 아나키에서 보자고 했던 나나의 메시지를 떠올렸다. 폰을 꺼내서 아직 응답하지 않은 그 메시지를 바라보았다.

5

나나는 폴리 아나키의 바 테이블에 앉아 있었다. 폴리 아나키는 나나의 단골 술집으로 언젠가부터는 제니도 단골이 되었다. 나나는 '아나키'가

컨셉인 이곳의 모든 것이 좋았다. 사다리꼴 모양의 구조, 종잡을 수 없는 실내장식, 포크송과 트로트, 락과 클래식이 뒤섞인 선곡까지. 하지만 누가 뭐라 해도 가장 좋은 건 사장이 직접 레시피를 짜고 이름 붙인 칵테일들이었다. '버틸 만큼 버틴 뒤에 마티니'라든지 '인생은 지구에서 토하기'라든지 '마시든 안 마시든 맛있지' 같은 것들. 그중 나나가 특히 좋아하는 건 '폴리+아나키=레볼루션'이었다.

제니는 오지 않았다. 정확히는 나나의 연락에 아무 응답을 하지 않았다. 나나는 제니가 불만을 토로하려고 그런다는 걸 알았다. 제니는 늘 대꾸하지 않는 것으로 자기 불만을 표현하곤 했으니까. 나나는 이번엔 대체 어떤 불만일지 생각해 보았다. 짐작 가는 게 없었다. 그런데도 초조하지 않았다. 제니가 오지 않아도 좋았다. 나나는 오히려 혼자 앉아 누군가를 기다리는 이 시간이, 기다릴 때의 이 감각이 좋았다. 오지 않는 이를 영원히 기다릴 수 있다고도 느꼈다. 그것이야말로 진정한 자유가 아닐까, 하고 생각했다. 기다리다가 죽는 것이야말로 죽음을 무찌르는 유일한 방법인지도 몰랐다. 죽어서도 오지 않은 이를 기다리고 있을 테니까. 기다릴 이가 있다는 것은 곧 아직 살아 있다는 말과 같았다.

나나는 상상했다. 영원한 기다림과 영원한 삶. 순환하는 시간과 오지 않는 이.

폰을 꺼낸 나나는 누군가에게 메시지를 보냈다. 그러고 나서 미니 화첩을 꺼냈다. 거기에 색연필로 그림을 그리기 시작했다. 시곗바늘이 없는 시계. 그 위에 반듯이 누운 한 남자. 아니, 여자. 여자는 눈이 없고 발이 사슬로 묶였다. 사슬은 닻으로 연결됐고 닻은 수면 위에 둥둥 떠 있다. 여자의 입에 돛대가 세워진다. 배가 된 시계가 흔들린다.

"재밌는 그림이네요."

나나의 뒤에서 남자의 목소리가 들려왔다. 나나는 깜짝 놀라서 뒤를 보았다. 철규였다.

"언제 왔어요?"

"일 분 전쯤?"

"왔으면 말을 해야죠."

철규가 그림을 가리키며 물었다.

"이게 대체 뭐죠? 시계? 배?"

"시계배 좋은데요? 시계배로 할래요. 제자리에서 뱅글뱅글 돌기만 하는 배."

나나가 화첩 한구석에 'clockship'이라고 적었다. 적으며 말했다.

"무슨 멤버십 같고 좋네요. 기다리는 자들의 비밀모임."

철규가 말했다.

"죄송해요. 제가 좀 늦었죠?"

"아니에요. 저야 와주셔서 감사하죠."

바 테이블에서 일어선 나나가 철규를 홀 테이블로 안내했다. 철규는 홀 테이블로 가면서 가게를 둘러보았다. 어디에도 제니는 보이지 않았다. 나나가 말했다.

"오늘 상담 다녀오셨죠?"

나나의 질문에 철규는 그렇다고 대답했다. 그러고는 물었다.

"제니 매니저님은 늦으시나 봐요?"

"아, 제니는 안 와요."

"안 온다고요?"

철규는 당황했다. 나나가 자신과 제니를 화해시키려는 줄 알고 한달음에 달려온 것이었다. 당황한 표정의 철규에게 나나가 장난치듯 말했다.
"그냥 제가 철규 씨 보고 싶어서 부른 거예요. 앉으세요.
여기 칵테일이 맛있어요."
철규는 꺼림칙한 기분을 지울 수 없었다. 나나의 의중을 짐작하기 어려웠다. 제니가 어딘가 잠깐 나간 사이 자신을 두고 짧은 장난을 치는 걸 수도 있었고, 아니면 정말로 제니와는 별개의 일로 부른 것일 수도 있었다. 제니가 철규 쪽으로 메뉴판을 내밀었다. 철규는 난처한 표정으로 이상한 이름의 칵테일들을 내려다보았다.
"그냥 제가 시켜드릴게요."
나나는 큰 목소리로 '인생은 지구에서 토하기'와 '내 뇌는 무중력'을 주문했다.
바텐더가 칵테일을 만드는 동안 둘은 아무 말도 하지 않고 기다렸다. 나나는 의자에 등을 한껏 기댄 채 눈을 지그시 감고 있었다. 철규는 어떻게 이 난처한 상황을 수습할지 고민하며 나나를 쳐다보았다. 처음 보았을 때부터 나나는 철규의 눈길을 사로잡았었다. 외꺼풀의 눈은 크다고 할 순 없었으나 깊어 보였고, 콧대는 높지도 낮지도 않았으나 곧았다. 입술은 반쯤 벌어진 듯한 인상을 주었는데 자세히 보면 실제 벌어진 건 아니었다. 목 아래까지 내려오는 머리칼은 붉은빛을 띠었고, 트위스트 파마를 해서 산발이었다. 그림을 그린다는 사실을 몰랐다면 철규는 아마 나나를 부랑자쯤으로 여겼을 것이다. 제니와 나나. 좀체 안 어울려 보이는 이 둘은 대체 무슨 사이일까. 철규는 그 점이 늘 궁금했으나 둘 중 누구에게도 물은 적이 없었다.

바텐더가 주문한 칵테일을 내왔다. 나는 '인생은 지구에서 토하기'를 철규에게 주었고 자신은 '내 뇌는 무중력'을 집어 들었다.

"오랜만에 머릿속을 비워 볼까요."

그렇게 말한 나나는 칵테일을 단숨에 마시고선 새 칵테일을 시켰다. 이번에는 '안개 속에서 번개 맞기'였다. 철규는 나나가 칵테일 이름으로 자신을 재촉한다고 느꼈다. 아무래도 먼저 말을 꺼내야 할 것 같았다.

"제니 매니저님께 들으셨죠? 오늘 있었던 일."

나나는 고개를 가로저으며 말했다.

"아니요. 이번엔 어땠나요? 설마 또 실패?"

말투와 태도로 보아서는 정말 아무것도 모르는 것 같았다. 하지만 감쪽같이 연기를 펼치고 있는지도 몰랐다. 제니에게 모든 말을 전해 들은 나나가 독단적으로 자신을 불렀을 가능성도 있지만 그렇다고 해도 그 까닭이 무엇인지는 알 수 없었다. 제니와 화해시키기 위해서인지, 아니면 제니에 관해 자신이 해준 얘기를 왜 다른 이에게까지 발설했느냐고 힐난하기 위해서인지.

철규는 일단 계약에 관한 것만 말하며 나나를 떠보기로 했다. 철규가 이야기를 시작했다.

"제니 매니저님과 서로 의견이 같은 지점도 있었고 다른 지점도 있었습니다."

심숙희에 대한 평가는 둘이 일치했다. 심숙희가 향후 중독증에 걸릴 확률은 충분하나 아직 심한 수준은 아니라는 것, 걸린다고 해도 경증에 머물 뿐 중증까지 이르지는 않으리라는 것. 여기까진 오 닥터가 준 관찰표를 참고삼아 쉽게 추측할 수 있었다. 거짓말 문제에 관해선 굳이 확인할 필요가 없었다. 심숙희는 스스로 거짓말하고 있지도 않았고 오 닥터가 말한 '세상을 속이고 있는 느낌'이란 것도 전혀 들지 않았다. 그게 대체 어떤 느낌인지는 둘 다 아직 알 수 없었지만, 아무튼 아무런 이상한 느낌이 들지 않았다는 건 분명한 사실이었다.

문제는 심숙희가 아니라 심숙희의 딸이었다. 심숙희는 분명 딸을 걱정하고 있었는데 자기가 그렇다는 걸 애써 숨기려고 했다. 바로 이 지점에서 제니와 철규의 의견이 갈렸다.

제니는 심숙희의 딸이 이미 중독증 환자일 가능성이 높다고 판단했다. 여기까진 철규도 생각이 같았다. 하지만 경과에 대한 판단은 서로 달랐다. 제니는 딸이 경증일 거로 판단했다. 심숙희처럼 수에 민감한 사람이라면 수치에 따른 증세에 관한 설명을 듣자마자 자기 딸의 상태를 객관적으로 수치화했을 게 틀림없다. 딸도 가입할 수 있는지를 물은 건 자기 딸이 가입하지 못할 단계는 아니라는 판단이 섰기 때문일 것이다. 심숙희 같은 이들은 그런 판단을 좀체 틀리지 않는다.

철규의 생각은 달랐다. 딸이 중독증인 건 분명해 보이나 경증이라고 확신할 순 없다고 보았다. 오히려 그렇지 않을 가능성이 크다는 게 그의 생각이었다.

잠자코 듣고만 있던 나나가 그렇게 생각하는 이유를 물었다. 철규가 대답했다.

"어떤 부모든 자기 자식은 객관적으로 못 보는 법입니다."

나나가 재밌어하며 물었다.

"철규 씨도 그런가요?"

철규는 대답하지 않았다. 나나는 새로 나온 칵테일을 들고 마시려다가 철규의 잔이 빈 것을 보았다. 눈짓으로 철규에게 더 마시겠냐고 물었다. 철규가 고개를 끄덕였다. 나나가 바텐더에게 외쳤다.

"아듀 랑데뷰 러뷰 한 잔 주세요!"

그러고 나서 장난기 어린 미소를 지으며 말했다.

"긴장 푸세요. 제니는 저랑 철규 씨가 만나고 있는 거 몰라요."

"오늘 상담 때 있었던 일에 관해선…"

철규가 말꼬리를 흐리자 나나는 그것에 관해서도 아무 얘기를 들은 게 없다고 말했다.

"만나자고 했는데 얘가 아무 대꾸도 없이 안 오는 거예요. 그래서 생각했죠. 혹시 오늘 상담 때 무슨 일이라도 있었던 건가? 그거 물어보려고 철규 씨 부른 거예요. 괜히 헛다리 짚은 것 같지만."

나나의 말을 들은 철규는 망설이다 조금 전 빠뜨리고 하지 않은 이야기를 해주었다. 심숙희에게 준 선물이나 인간의 본성에 대한 제니의 생각, 그리고 제니의 본명에 관한 것들. 그것들을 두고 둘 사이에 있었던 갈등과 다툼에 대하여.

철규의 이야기를 다 들은 나나는 잠시 아무 말이 없었다. 그러다 대뜸 물었다.

"저희 둘 사이가 궁금하시죠? 얘넨 대체 뭔가. 뭐 하는 애들인가."

나나는 자기 둘이 한 여자가 운영하는 팸에서 만났다며 이야기를 시작했다.

"가출팸은 아니고… 좀 어정쩡한 애들이 모였던 데라고 해야 하나? 그런 거 있잖아요. 집안이 찢어지게 가난한 것도 아니고, 그렇다고 부모가 엄청나게 나쁜 것도 아닌데 견딜 수 없는 그런 거. 그냥 여긴 내가 속해 있을 데가 아니라는 기분. 속해 있지 않다는 기분."
나나는 마음만 먹으면 언제든 집으로 돌아갈 수 있는, 돌아가도 괜찮은 애들끼리 모여서 놀았다고 말했다. 나나가 먼저 들어왔고 제니는 훨씬 뒤에 들어왔다. 제니가 들어왔을 때만 해도 나나는 나나가 아니었고 제니도 제니가 아니었다. 제니가 들어오고 나서 얼마 안 있어 둘 사이가 이상하다는 걸 눈치챈 우두머리가 둘을 내쫓았고, 둘은 함께 팸을 나오며 본명을 버렸다.

"나중에 알게 된 건데 그때 제니는 두 번째 버려진 거였어요."
제니는 자기 정체성을 일찌감치 깨달았다. 하지만 제니 아빠는 제니가 동성애자라는 사실을 아예 몰랐고, 엄마는 자기 딸이 그렇다는 걸 인정하려 들지 않았다. 제니가 열세 살 때, 제니 엄마는 제니에게 웬 종이 더미를 내밀었다.

"동성애는 비정상적이고 정신병이라는 얘기가 잔뜩 적혀 있었대요. 그런 것들만 여기저기서 발췌해서 프린트한 거죠. 그걸 읽어보라고 내밀면서 이렇게 말했대요. 봐. 네가 지금 병에 걸렸다는 걸 증명하는 객관적인 데이터야."
나나는 잠시 말을 멈추었다가 뭐가 그리 재밌는지 킥킥대며 웃었다. 웃음 끝에 말했다.

"그때 제니가 어떻게 했는지 아세요?"
철규는 전혀 짐작할 수 없다는 듯 고개를 가로저었다.

"동성애는 정상적인 감정이고 정신병이 아니라는 내용을 잔뜩 찾아서 엄마한테 내밀었대요. 이게 더 객관적인, 최신 데이터라면서. 고작 열세 살짜리 애가 전문서적을 다 찾아본 거죠. 자기를 증명

내게 와줘   89

하겠다고."

그런데도 제니 엄마는 포기하지 않았다. 언젠가부터 제니를 위한답시고 기도하기 시작하더니 하루는 제니를 끌고 웬 건물로 갔다. 5층짜리 낡은 건물이었다. 4층과 5층 창문 전체를 뒤덮은 광고 필름에 큰 글씨로 '안식. 기도. 성수. 퇴마.'라고 쓰여 있었다.

말을 마친 나나는 또다시 킥킥대다가 이내 웃음을 멈추고선 작게 '시발'이라고 중얼거렸다. 이윽고 크게 한숨을 내쉰 나나가 말을 이었다.

"착한 애예요. 제가 한번은 제 꿈이 21세기식 살롱을 만드는 거라고 했거든요? 18세기 프랑스에서처럼요. 바다가 내려다보이는 곳에 멋진 건물을 짓고 매달 한 번씩 사람들을 초대하는 거예요. 시인, 작가, 오페라 가수, 화가, 무용수 같은 사람들을 죄다 모아 놓고 맛있는 거 먹으면서 노는 거죠. 놀다가 시 낭송하고 싶으면 하고, 아리아 부르고 싶으면 부르고, 필 받으면 에라 모르겠다 아무 데나 그림도 그리고... 그렇게 놀다가 다들 갑자기 진지한 표정으로 토론하는 거예요. 시발 세상은 왜 이렇게 좆같은 걸까!"

나나가 깔깔대며 웃고 나서 말했다.

"그냥 한번 생각해 본 거였는데 제니가 하루는 물었어요. 몇 층짜리가 좋겠냐고요. 건물 말이었죠. 바다가 내려다보이는."

그때까지 가만히 듣고만 있던 철규가 조심스레 말을 꺼냈다.

"죄송합니다. 그 이름에 그런 사정이 있는지도 모르고."

"철규 씨가 죄송할 건 없어요. 제니 문제죠, 뭐."

그렇게 말한 나나는 잠시 후 덧붙였다.

"아니, 우리 문제네요. 그깟 이름이 뭐라고. 웃기네요. 멀리 떠나왔다고 생각했는데 아직 제자리라는 게."

나나가 자조하듯 웃었다. 철규가 말했다.

"딸이 병원에 있어요. 중독 증후군이거든요. 그것도 중증."

나나가 철규를 물끄러미 바라보았다. 철규는 자신이 갑자기 딸 얘기를 꺼낸 이유를 스스로도 알 수 없어 놀랐다. 어쩐지 그래야만 할 것 같았고, 또 그러고 싶은 마음이었다.

"게임 중독이에요. 패밀리 앤 컴퍼니라고, 아시려나. 가상의 가족을 만들고 가족 사업을 하는 게임인데 며칠 밤을 새워서 하더군요."

잠시 나나를 바라보던 철규가 다시 말하기 시작했다.

"병원에 보내고 나서 딸 스마트폰으로 게임에 접속해 봤어요. 엄마랑 아빠, 딸, 그리고 고양이 한 마리가 있는 가족이더군요. 대체 무슨 대단한 사업을 하는 건가 하고 봤더니 고작 고양이 놀잇감을 만드는 일이었어요."

철규는 어쩐지 안심되는 기분으로 게임을 끄려고 했다. 그런데 그 순간 이상한 점이 눈에 띄었다. 가만 보니 아빠의 이름만 공백이었다. 엄마는 이미 죽은 아내의 이름을 그대로 썼고 외모도 비슷했다. 그건 딸도 마찬가지였다. 자기 이름을 그대로 썼고 평소 입는 옷차림대로 꾸며놓았다. 하지만 아빠는 이름도 없고, 외양도 게임을 처음 시작하면 주어지는 기본 아바타 모습 그대로였다.

"아내가 죽고 나서 거의 일 년간 폐인처럼 살았습니다. 제정신이 아니었거든요. 당연히 딸을 챙길 정신도 없었죠. 그때 도와준 게 부장님 아내분이세요."

형준의 아내는 철규 아내와 절친한 친구 사이였다. 철규가 서희를 돌볼

만한 정신이 아니라는 걸 알고선 철규가 부탁하지도 않았는데 알아서 서희를 돌봐주었다. 나중에 정신을 차린 철규에게 설계사 일을 해보라고 권유한 것도 그였다. 그때만 해도 철규는 아직 형준과는 데면데면한 사이였다.

"딸이 고작 네 살이었는데... 다 기억하더라고요. 그때 제가 어땠고 자기는 어땠는지."

철규는 말을 멈추고는 홀짝홀짝 술만 마셨다. 침묵이 흘렀다. 얼마 뒤 나나가 말했다.

"아마 자기 존재를 증명해야 한다는 사실이 제일 견디기 힘들었을 거예요. 나 여기 있다고. 아빠 딸 여기 있다고."

말을 마친 나나도 가만히 술만 마셨다. 둘의 술잔이 거의 다 비었을 때쯤 철규가 말했다.

"매니저님께 죄송하다고 좀 전해주세요."

나나가 피식 웃으며 말했다.

"만나서 직접 얘기하세요."

"계약이 다음 주면 끝이에요. 아무래도 연장될 것 같지는 않네요."

나나가 웃음을 터뜨리며 말했다.

"얘가 좀 차가운 게 단점인데 그게 또 장점이기도 해요."

나나는 제니가 철규가 생각하는 그런 이유로 계약을 끝내진 않을 거라고 했다. 오히려 계약을 연장할 가능성이 크다고 단언하며.

"들어보니 심숙희라는 사람, 온 가족이 가입할 거 같은데요? 그렇게 되면 그건 철규 씨 덕분이라는 거, 제니도 모르진 않을 거예요. 그런 건 또 확실히 구분하는 애니까."

그렇게 말한 나나는 계약 연장을 축하한다며 술을 시켰다.
'폴리+아나키=레볼루션'이었다.

"제가 이 집에서 제일 좋아하는 술이에요."

"대체 무슨 뜻이죠?"

철규가 묻자 나나가 한쪽 손의 검지와 엄지를 붙여 동그랗게 만든 뒤 그걸 자기 눈앞에 갖다 댔다. 마치 망원경을 보는 듯했다. 그런 채로 말했다.

"원래 우주가 하나의 알이었다는 건 잘 아시죠? 그건 달리 말하면 우리가 다 한 핏줄이란 소리예요. 폴리!"

붙어 있던 엄지와 검지를 뗀 나나가 이번에는 손바닥을 쫙 펼쳤다. 펼친 손을 철규 쪽으로 내보이며 말했다.

"하지만 우주는 팽창하면서 점점 혼돈에 빠졌죠. 아나키!"

나나가 이번에는 펼쳤던 손을 꽉 쥐었다.

"이 둘을 합치면, 다시 빅뱅. 즉, 레볼루션!"

철규는 나나가 한 말을 제대로 이해하지 못했다. 하지만 어쩐지 다 알아들은 기분이었다. 바텐더가 칵테일을 갖다 주었다. 나나가 자기 잔을 철규의 잔에 부딪치며 말했다.

"나중에 저희 살롱 만들면 초대할 테니까 꼭 와요."

6

P시로 가는 길은 한적했다. 서울을 떠나 타 도시로 상담을 가는 건 처음이었기에 운전대를 잡은 철규는 다소 들뜬 마음이었다. 조수석에 앉은 제니는 차창 쪽을 바라볼 뿐 어떤 기분을 느끼는지 알 수 없었다. 창 너머 풍경을 바라보는 것일 수도 있었고 창에 이중 노출된 자기 얼굴을 바라보는 것일 수도 있었다. 어느 쪽이건 철규는 제니가 어쩐지 아련한 표정을 짓고 있는 것 같다고 느꼈다.

제니가 자기 차를 두고 온 건 장거리 운전을 해본 적이 없기 때문이었다. P시까지는 차로 3시간이 넘게 걸리는 거리였다. 한소민에게서 상담 요청이 들어왔을 때 제니가 망설이는 걸 안 철규는 자신이 운전할 테니 걱정하지 말라고 했다. 팬데믹 이전에는 장거리 출장은 일도 아니었다고 말하며.

제니는 좁은 차 안에 철규와 단둘이 몇 시간이나 있어야 하는 불편을 잘 견딜 자신이 없었다. 하지만 결국엔 승낙했다. 한소민은 P시에서 태어나서 그 주변 지역에서만 쭉 살아온 이였다. 고급 브랜드의 화장품 방문판매 일을 오랫동안 해오며 인맥을 쌓았는데 몇 년 전 제니를 통해 우울증 보험과 생명보험 등에 가입한 뒤로 이제껏 수십 명이 넘는 이들을 제니에게 소개해 주었다. 제니는 이번 계약에 성공하면 P시와 그 접경도시로 쉽게 계약의 물꼬를 틀 수 있을 거라고 판단했다.

제니의 염려와는 달리 P시까지 차를 타고 오는 동안 철규는 제니를 전혀 불편하게 하지 않았다. 둘은 계약에 관한 이야기를 조금 나누었고, 그 외에는 '휴게소에 들렀다 가도 될까요?', '좀 덥지 않으신가요?' 하는 말들만 간간이 오갔다. 심숙희와 계약을 체결한 뒤 약 한 달 동안 둘은 벌써 50건이 넘는 상담을 했고 그중 30건이 넘는 계약을 따냈다. 그러는 동안 둘 다 심숙희와의 상담 날 있었던 갈등에 관해서는 한 마디도 꺼내지 않았다. 그간의 일들을 떠올리다가 제니는 깜박 잠이 들었다. 철규가 도착했다는 말로 제니를 깨웠을 때, 제니는 자신이 나나가 아닌 다른 이의 곁에서 무방비로 잠들었다는 사실에 놀라고 말았다. 제니는 철규가 '잘 주무시던데요?'라는 식의 농담을 할 거로 예상했다. 하지만 철규는 그러지 않았다. 글로브박스에서 손거울과 빗을 꺼내 달라고 부탁할 뿐이었다. 제니는 그 순간 철규가 자신이 어색하지 않도록 오는 내내 배려해준 것을 깨달았다. 감사의 말을 해야 할까, 생각했으나 고맙다고 말하면 오히려 어색해질 것 같아 그만두었다.

둘을 맞이한 건 한소민이 아니라 그의 딸 최빛나였다. 빛나는 자기 엄마가 급한 일이 생겨서 자신에게 계약을 맡기고 외출했다고 말했다. 철규가 한소민에게 전화를 걸어보았으나 받지 않았다. 빛나가 말했다.

"전화 받을 상황이 아닐 거예요."

철규가 대체 무슨 일이기에 그러느냐고 묻자 빛나는 '집안일이라서 말씀드리기가 좀…'이라며 얼버무렸다.

"집마다 그런 일이 하나쯤은 있잖아요?"

그렇게 덧붙이는 모습이 열세 살이라고는 믿기지 않았다. 철규는 빛나의 말에 짧게 웃어 보인 뒤 주위를 쓱 둘러보았다. 천장 스피커에서는 잔잔한 클래식 음악이 흘러나왔고 집안은 구석구석 깔끔했다. 바닥은 방금 닦은 듯 반질거렸으며 주방 싱크대에는 물기 하나 없었다. 식기 건조대와 노출 선반의 접시나 조리 도구들도 잘 정돈돼 있었다. 빛나는 철규가 묻지도 않았는데 엄마가 청소해 두고 나갔다고 먼저 말했다. 철규가 천장 쪽을 힐끗 쳐다보며 말했다.
　"클래식 좋아하니?"
빛나가 기다렸다는 듯이 대답했다.
　"엄마가 틀어놓으라고 했어요."
철규는 볼륨이 조금 크다고 느꼈으나 낮춰달라는 말은 하지 않았다.
빛나가 둘을 자연스레 식탁으로 안내했다.
　"죄송해요. 오래된 집이라 응접실 같은 게 없어요."
철규는 한소민이 손님을 맞이하며 여러 번 했을 그 말을 빛나가 기억해 두었다가 따라 한 거라고 생각했다. 그 모습이 기특해 보이면서도 어딘가 부자연스럽게 느껴졌다. 어린 애 혼자서 어른 둘을 맞이하려니 긴장해서 그럴 수도 있다고 짐작하면서도 단순히 그 이유 때문만은 아닐 거라는 생각도 들었다. 빛나가 앉으라는 손동작을 해 보였다. 그러자 그때까지 잠자코 있던 제니가 다소 차가운 목소리로 말했다.
　"앞으로 딱 삼십 분만 더 기다릴 거야. 네 엄마한테 연락 올 때까지."
빛나는 삼십 분 내로 연락 올 일은 없을 거라며 엄마가 자신에게 인감을 맡겨두고 갔다고 말했다. 혹시라도 인감 사용이 불가능할 경우를 대비해 자신이 엄마의 태블릿 PC에 있는 바이오 인증서의 비밀번호를 알고 있으니 걱정하지 말라고도 덧붙였다. 바이오 인증서는 원칙적으로 지문이나 홍채를 통해서만 인증할 수 있으나 간혹 인식이 원활하지 않을 때를 대비해서 사용자가 사전에 설정한 비밀번호로 인증할 수 있도록 설정돼 있었다.
　"엄마가 그러라고 하고 나가셨어요."
제니는 빛나의 눈을 가만히 쳐다보았다. 빛나가 눈길을 피했다. 제니는 시선을 돌려 이번에는 빛나의 어깨너머를 보았다. 안방으로 보이는 곳의 문이 닫혀 있었다. 그 방뿐만이 아니었다. 화장실 문을 포함한 총 세 개의 문이 모두 굳게 닫혀 있었다. 철규가 자기 팔꿈치로 슬쩍 제니의 팔을 건드렸다. 일단은 앉아보라는 신호였다. 의자에 앉은 철규가 빛나에게 말했다.

"폰에 녹음 어플 있지? 켜 볼래? 계약 내용 설명해야 하거든. 나중에 엄마 오시면 들려드려."

철규의 말에 빛나는 폰이 방에 있다고 대답했다. 철규가 가져오라고 하자 망설이던 빛나가 알겠다며 현관문에 붙은 방 쪽으로 빠르게 걸어갔다. 그사이 철규가 제니에게 속삭였다.

"어떻게 하실래요?"

제니는 고민하는 듯한 표정을 지었다. 철규가 말했다.

"저도 느꼈어요. 좀 이상하다는 거.
그래도 일단은 계약하는 게 좋다고 봐요. 증후군 검사하러 사람 보낼 때 제가 동행해서 살펴볼게요."

철규가 말을 마쳤을 때 빛나가 폰을 들고 돌아왔다. 철규가 말했다.

"요즘 애들은 폰을 손에서 놓는 법이 없는데 신기하네."

빛나가 예상했던 말이라는 듯 곧장 대꾸했다.

"전 책 읽는 게 더 좋아요."

"물고기도 좋아하니?"

갑자기 제니가 끼어들었다. 철규는 깜짝 놀랐다. 지금껏 수십 번의 상담을 진행하는 동안 제니가 계약 외의 것을 화제로 삼은 적은 단 한 번도 없었기 때문이었다. 빛나가 놀란 표정으로 되물었다.

"네?"

제니가 턱짓으로 거실 한쪽을 가리켰다. 제니가 가리킨 곳에 대형 수족관이 놓여 있었다. 수족관만이 아니었다. 거실 곳곳에 작은 어항들이 놓여 있었다. 그리고 모두 텅 비어 있었다. 이미 오래전에 물을 빼낸 듯 바닥에 깔린 자갈이나 모형 수초 따위가 바싹 마른 채였다.

"아 저건... 엄마가 관상어를 좋아해서 키웠었는데 이제 그만뒀어요."

"그래?"

그렇게 물은 제니는 자리에서 일어나서 수족관으로 다가갔다. 철규는 빛나의 얼굴이 초조함으로 물드는 걸 지켜보았다. 수족관은 안방과 가까운 쪽에 놓여 있었다. 빛나가 다급히 외쳤다.

"차라도 내올까요?"

제니는 응답하지 않은 채 수족관 안을 내려다보았다. 철규가 대신 대답했다.

"오는 길에 커피 마셨어. 물이나 한 잔 줄래?"

빛나는 신경을 제니에게서 거두지 않은 채 냉장고로 가서 물을 꺼내왔다. 그러고는 식탁 한 편에 놓인 종이컵을 가리켰다.

"죄송해요. 집에 멸균 소독기가 없어요. 엄마가 손님 오면 종이컵을 드리라고 했어요."

철규가 죄송할 거 없다고 말하며 종이컵을 집어 들었을 때 제니가 말했다.

"한소민 씨."

철규가 잘못 들은 건가 싶었을 때 제니가 조금 더 큰 목소리로 말했다.

"한소민 씨."

빛나가 놀라 제니 쪽으로 달려가며 말했다.

"왜 그러세요?"

제니는 아랑곳하지 않고 이번에는 안방 문을 노크했다.

"한소민 씨. 안에 계시죠?"

빛나가 제니의 손을 잡아끌며 외쳤다.

"지금 뭐 하시는 거예요! 엄마 밖에 나갔다고요!"

"그럼 이 소리는 뭐지?"

"무슨 소리요?"

제니가 이번에는 방문에 귀를 갖다 댔다. 그 순간 빛나가 제니를 방문 앞에서 밀치더니 방문 앞을 가로막고 섰다.

"이러시는 거 실례예요!"

빛나가 매서운 눈빛으로 제니를 노려보았다. 제니가 말했다.

"계약서에 서명했다고 해서 계약이 완료되는 게 아니야. 검사받아서 적합한 수치가 나와야 해."

빛나는 아무런 대꾸도 하지 않았다. 제니가 물었다.

"너도 잘 알잖아?"

어느새 둘에게로 다가온 철규가 제니의 한쪽 팔을 잡아끌며 말했다.

"매니저님 저랑 나가서 잠깐 얘기 좀 하시죠."

철규는 빛나에게 잠깐만 기다려달라고 말하고는 제니를 데리고 현관문 밖으로 나왔다. 둘은 반 층을 내려와 계단참에 섰다. 철규가 말했다.

"매니저님답지 않게 왜 그러세요? 애가 겨우 열세 살입니다."

"열세 살이 어때서요?"

"어떻긴요. 열세 살이 열세 살이죠. 그렇게 닦달하면 애가 무서워서 무슨 말을 하겠어요?"

"소리가 들렸어요."

"네?"

제니는 방문 안쪽에서 소리가 들렸다고 했다. 대체 어떤 소리인지는 알 수 없었지만 분명 소리가 들렸다.

"안에 있어요, 한소민."

제니는 한소민이 방안에서 어떤 영상을 보고 있을 것으로 추측했다. 밖으로 나와보지도 않고 외쳐도 대답하지 않는 것으로 보아 이미 심각한 중독 상태일 거라며. 철규가 말했다.

"음악을 크게 틀어놓은 게 그것 때문이었군요."

사실 철규도 한소민이 집에 있을 거라고 내심 짐작하고 있었다. 아까부터 빛나가 거짓말을 하고 있다고 느꼈기 때문이다. 하지만 거짓말하는 이유에 대해선 판단이 잘 서지 않았다. 한소민이 심한 중독 상태일 거라는 제니의 생각에는 그도 동의했다. 다만 그 경우 빛나의 행동을 어떻게 받아들여야 할지 알 수 없었다. 왜 엄마의 상태를 숨기려는 걸까. 제니가 골똘한 생각에 빠진 철규를 일깨우듯 물었다.

"매니저님은 열세 살이 어리다고 생각하세요?"

철규는 머릿속으로 서희를 떠올려 보았다. 제니가 말을 이었다.

"열세 살이면 알 거 다 알아요. 어떤 면에서는 오히려 어른보다 더 합리적이죠."

"메일을 보낸 게 빛나라고 생각하시는 건가요?"

철규는 생각을 정리해 보았다. 한소민은 짐작대로 중독증에 이미 걸렸을 것이다. 상황을 미루어 보건대 중증일 것이다. 자기 엄마를 어떻게 해야 할지 알 수 없었던 빛나는 어느 날 제니가 한소민에게 보낸 홍보 메일을 본다. 엄마 대신 계약에 관심이 있다고 답신한다.

철규는 빛나가 보험금으로 엄마를 치료할 목적에서 그랬을 거라고 짐작했다. 다만 아직 어려서 계약하려면 중독증 검사 수치가 필요하다는 사실을 미처 몰랐던 것이라고. 하지만 제니의 생각은 달랐다.

"다 알 거예요. 계약하려면 중독증 검사를 받아야 한다는 사실도, 중증 환자는 계약할 수 없다는 사실도."

"그런 사항까지 다 알려면…"

"제가 보내준 계약서를 잘 읽어보기만 하면 되죠."

철규는 읽어보는 것과 이해하는 것은 다른 문제이지 않느냐고, 열세 살짜리가 그 어려운 말들을 어떻게 다 이해하겠느냐고 말하려다가 멈추었다. 제니가 왜 그렇게까지 확신하듯 말하는지 비로소 깨달았기 때문이었다. 빛나는 제니와 꼭 같은 나이였다. 제니가 자기 엄마에게 자신을 증명하는 데이터를 내밀었을 때와. 제니가 말했다.

"제가 의아한 건 계약할 수 없다는 걸 잘 알면서도 왜 우릴 불렀느냐는 거예요."

"어쩌면 저희 예상보다 덜 심각한 상태인 건 아닐까요?"

"집에 누가 왔는데 얼굴 한 번 내비치지 않는데도요?"

"좋습니다. 들어가서 한 번 알아보죠."

철규는 제니에게 지금부터는 자신에게 맡겨달라고 부탁했다. 제니는 가만히 철규를 바라보다가 알겠다는 듯 고개를 한 번 까딱였다.

빛나는 초조한 얼굴로 식탁 의자에 앉아 있다가 둘이 들어서자 자리에서 벌떡 일어섰다. 철규가 식탁에 가 앉으며 말했다.

"오래 기다렸지? 이런 적이 처음이라 상의 좀 하느라고."

"괜찮아요."

"계약하기로 했어."

철규의 말에 빛나의 표정이 밝아졌다. 하지만 곧장 경계하는 낯빛으로 바뀌었다. 철규가 말을 이었다.

"대신 조건이 있어."

철규는 그렇게 말하고서 기다렸다. 빛나가 먼저 묻기를. 잠시 침묵이 흐른 뒤 빛나가 작은 목소리로 물었다.

"무슨 조건이요?"

"솔직하게 말해 줘."

"...뭐를요?"

"안에 엄마 계시잖아."

철규의 말에 빛나의 눈빛이 흔들렸다.

"다 말하기 싫으면 딱 하나만 얘기해 줘. 우릴 왜 부른 거지?"

철규는 빛나에게 보험에 가입하려면 중독증 검사를 받아야 한다는 사실을 알지 않느냐고 물었다. 너희 엄마는 가입할 수 있을 만한 상태가 아니라는 것도 잘 알지 않느냐고 떠보았다. 빛나는 시선을 아래로 내린 채 아무 말도 하지 않았다.

"아저씨한테도 너랑 동갑인 딸이 있어. 그런데 지금 병원에 있어. 중독증 치료를 받고 있거든. 중증이야."

철규의 말에 빛나가 놀란 표정을 지었다. 철규가 부드럽게 말했다.

"그러니까 아저씨한테 말해 봐. 도움이 될지도 모르잖아?"

빛나가 비로소 입술을 떼었다.

"보름 됐어요. 엄마가 안 나온 지."

빛나는 한소민이 원래는 관상어를 좋아했다고 말했다. 한때는 수족관과 어항에 갖가지 색의 관상어들이 가득 찼었다. 그러다가 한소민이 우울증에 빠졌다. 팬데믹이 장기화되면서 집 안에 갇혀 있는 걸 더는 견디지 못했던 거다. 약에 의존해서 겨우 버티던 한소민은 결국 우울증 전문병원에 입원했다. 입원 기간에는 빛나가 대신 관상어를 성심성의껏 돌보았다. 엄마가 돌아왔을 때 예전과 같은 기분을 느낄 수 있게 하려고. 그런데 치료가 끝나서 퇴원한 날 밤, 한소민이 갑자기 수족관 속 물고기들을 모두 변기에 버렸다.

"계속 변기 물 내려가는 소리가 들려서 나와 봤더니 엄마가 물고기를 뜰채로 퍼서 화장실로 나르고 있었어요."

빛나가 대체 뭐 하는 거냐고 소리치는데도 한소민은 멈추지 않았다. 어항 속 물고기까지 다 버리고 나서는 호스를 가져와서 한쪽 끝은 수족관에 넣고 다른 쪽 끝을 들고 화장실로 가서는 입으로 호스를 쭈욱 빨아들였다. 수족관 물이 호스로 빠져나가기 시작했다. 한소민은 그 호스를 변기에 집어넣었다. 수족관 물이 다 빠지고 나서야 비로소 빛나에게 말했다.

"돌려보내 준 거야."

빛나는 한소민이 그때부터 바다 생물에 집착하기 시작했다고 말했다. 특히 심해에 사는 생명체에. 틈만 나면 폰으로 바다 생물 영상을 보더니 언제부터인가 거실에 있던 텔레비전을 안방으로 옮겼다. 그러고는 커튼을 치고 불까지 끈 어두운 방 안에서 화면공유해서 60인치 텔레비전으로 영상을 보기 시작했다. 처음 몇 달간은 그래도 곧잘 방 밖으로 나왔다.

하지만 언제부터인가 아예 식사를 방안에서 해결했고 화장실 갈 때를 빼고는 나오려 하지 않았다.

그렇게 몇 달이 더 흘렀다. 한소민은 이제 아예 밖으로 나오지 않았다. 빛나는 매일 빵이나 라면 따위를 방으로 날랐다. 간이 변기도 사다가 넣어두었다. 한소민이 간이 변기에 변을 보면 빛나가 하루에 서너 번씩 가지고 나와서 처리했다. 그런 지가 한 달이 넘었다.

철규는 자기 엄마의 대소변을 처리하는 빛나의 모습을 떠올렸다. 집안이 이토록 깨끗한 것은 그들이 오기 전에 빛나가 치웠기 때문일 것이다. 엄마의 상태를 숨기려고. 빛나 혼자서 집안을 묵묵히 쓸고 닦고 정리했을 걸 생각하자 가슴이 답답해졌다. 철규가 다그치듯이 물었다.

"이 지경이 될 때까지 대체 왜 알리지 않았니?"

철규의 물음에 빛나는 어디에 알리느냐고 물었다. 빛나의 아빠는 한소민과 이혼한 뒤 미국으로 떠난 지 오래됐다. 그는 그저 생활비를 보내오는 존재일 뿐이었다. 한소민의 부모가 자기 딸과 연락을 끊은 건 그보다 더 오래되었다. 빛나는 이제껏 자기 조부모를 본 적이 단 한 번도 없었다. 빛나의 말을 들은 철규가 답답하다는 듯 말했다.

"학교 선생님은? 경찰은? 119라도 불렀어야지!"

"선생님이랑은 일주일에 한 번씩 메시지만 주고받아요. 잘 있냐고 물으면 잘 있다고 대답하죠. 다른 말을 하면 아마 신고할 거예요."

빛나는 잠시 멈추었다가 다시 말했다.

"경찰한텐 절대 연락하면 안 돼요. 119도요."

철규는 그게 대체 무슨 소리냐고 물었다. 그러자 빛나는 충격적인 이야기를 했다. 신고하면 정부에서 보낸 사람들이 와서 좀비가 된 사람들을 정체 모를 곳으로 끌고 가서 온갖 실험을 한다는 것이었다. 철규가 어디서 들은 말이냐고 묻자 빛나는 아저씨는 커널도 안 하냐고 물었다. 커널은 익명의 정보가 오가는 어플로 온갖 소문과 괴담, 음모론이 넘쳐 나는 곳이었다. 팬데믹 시절, 정부에 대한 불신이 날로 높아가던 때 커널에 유통된 정보 몇 가지가 사실이었다는 게 밝혀지면서 유명해졌다. 팬데믹이 끝난 뒤로는 주로 10~30대가 즐겨 찾는 일종의 놀이터가 되었다. 특히 10대 이용자의 비중이 높았는데, 그들은 커널에 유통되는 정보를 진짜로 믿는 경향이 높아서 사회적 문제가 되고 있었다.

한숨을 내쉰 철규가 말했다.

"아저씨가 하는 얘기 잘 들어. 그런 말은 다 가짜야. 거짓말이라고. 잘 생각해 봐. 영상 보는 것밖에 못 하는 사람을 잡아가서 대체 무슨 실험을 하겠어?"

"하지만."

"경찰이나 119를 믿을 순 없으니 우릴 부른 거구나."

제니가 빛나의 말을 끊으며 끼어들었다. 목소리가 몹시 차가웠다. 철규는 제니를 힐끗 보았다. 화가 난 표정이었다. 어쩌면 괴로워하는 것 같기도 했다. 어느 쪽이든 철규는 놀랐다. 제니가 표정을 감추지 않고 드러낸 모습을 보는 건 처음이었다.

"계약서에 서명하면 며칠 내에 중독증 검사할 사람이 온다는 걸 아니까. 그 사람이 중독증 전문가라고 생각했겠지. 믿을 만한 사람일 거라고."

제니가 계속해서 말했다.

"그 사람이 엄마를 전문병원에 집어넣어 줄 거라고 믿은 거잖아?

안 그래?"

"그건"

빛나가 무어라 말하려 했으나 제니는 듣지 않고 다그치듯 말했다.

"거기까지 생각할 수 있는 애가 어떻게... 어떻게 그런 말도 안 되는 소리를 믿어? 응?"

"매니저님, 잠시만요."

철규가 제니를 말렸다. 빛나는 이제 겁을 먹은 게 틀림없어 보였다. 그런데도 그걸 숨기려 표정을 감추는 모습이 역력했다. 그 안에는 절실함이 깃들어 있었다. 무표정을 가장한 절실함. 철규는 빛나의 그런 모습에 제니가 평정심을 잃었다고 느꼈다. 철규가 빛나에게 말했다.

"잠시만 방에 가 있지 않을래?"

빛나가 안방 쪽을 쳐다보았다.

"걱정하지 마. 네 허락 없인 어디도 들어가지 않을게."

철규가 빛나와 눈을 맞추고선 자신을 믿으라는 듯이 고개를 살짝 끄덕여 보였다. 빛나는 철규를 따라 작게 고개를 끄덕이고선 자기 방으로 갔다. 철규는 제니에게 아무런 말도 하지 않았다. 그저 제니가 평소대로 돌아올 때까지 기다렸다. 머릿속에 아내와 사별한 이야기를 했을 때 제니가 아무 말도 하지 않았던 일이 떠올랐다. 철규는 제니가 당시 어떠한 마음을 품었을지, 자신이 왜 제니의 무언에서 큰 위로를 느꼈던 건지 이제야 조금 알 것 같았다.

제니는 금세 평소 표정을 되찾았다. 철규가 기다렸다는 듯 제니에게 물었다.

"어떻게 할까요? 아무래도 이대로 둘 순 없을 것 같은데."

제니와 철규는 논의 끝에 경찰이나 119에는 알리지 않기로 했다. 빛나의 말을 믿어서가 아니었다. 빛나를 더는 걱정하게 두고 싶지 않아서였다. 제니가 해결책을 제시했다. 한소민이 들어둔 우울증 보험으로 보험금을 청구하고, 그 돈으로 중독증 전문병원에 입원시키자는 것이었다. 철규는 매사 원칙을 중시하는 제니가 그렇게 말한 것에 다소 놀라 물었다.

"괜찮을까요? 허위 청구인데."

"허위 아니에요. 한소민이 저렇게 된 건 결국 우울증 때문이니까요." 철규는 제니가 한 말이 억지라는 걸 알았다. 우울증으로 보험금을 청구하려면 서류 몇 개를 거짓으로 처리해야 할 것이다. 제니가 그 사실을 모를 리 없었다. 그런데도 철규는 제니의 말에 토를 달지 않았다. 그도 제니와 같은 마음이었기 때문이다. 어떡해서든 빛나를 도와야 한다는 마음.

철규는 제니라면 계약상의 모든 조건을 다 이용해서 어떻게든 보험금을 타낼 수 있으리라 믿었다. 우울증 보험을 만든 게 바로 제니였으니까. 다만 보험금을 타낸다고 해도 과연 그것만으로 전문병원 치료 비용을 충당할 수 있을지가 걱정이었다. 철규가 그 점을 묻자 제니는 한소민이 최대 보장금액으로 보험에 가입했으니 적어도 몇 달은 충분할 거라고 대답했다. 그러고는 침착한 목소리로 덧붙였다.

"저희가 걱정해야 할 건 한소민이 좀비가 될 경우예요. 아직 대소변은 가리는 모양이지만… 언제 좀비가 돼도 이상하지 않은 상황이에요."

"시간이 없다는 소리군요."

"생명보험도 이용해 봐야겠어요."

제니는 한소민이 좀비가 될 경우를 대비해 그가 가입한 생명보험으로 보험금을 청구하는 방안도 고민해 보겠다고 했다. 좀비를 가사(假死) 상태로 인정받을 수만 있다면 충분히 가능하다면서. 철규는 그 생각에는 솔직히 회의적이었다. 법적 다툼까지는 갈 수 있을지 모른다. 하지만 간다 해도 이길 확률보단 질 확률이 더 높아 보였다. 게다가 법정으로 끌고 갈 때까지 기다릴 수 있는 상황도 아니었다. 하지만 괜한 말로 제니의 기를 죽이지는 않았다. 제니는 본래 일정 수준 이상의 확신 없이는 아예 말을 꺼내지 않는 사람이었다. 그런 그가 누가 봐도 어려울 거라고 짐작되는 일을 말하고 있다. 이 정도로 무리한다는 건 그만큼 제니의 의지가 확고하다는 뜻이었다. 철규는 제니가 의지를 품는다면 어떤 일이라도 가능할 것처럼 느꼈고, 그와 한 편이라는 게 어느 때보다 든든하게 여겨졌다.

이야기를 끝마친 둘은 빛나를 불러서 그들의 계획을 말해 주었다. 빛나는 울먹일 듯한 표정을 지으면서도 고맙다는 말은 끝내 하지 않았다. 철규는 빛나의 그런 모습에서 제니의 모습을 엿보았다. 철규가 말했다.

"보험금을 청구하려면 진단서가 필요해. 외부기관의 1차 진단서는 이전에 청구했던 것으로 대체할 수 있을 거야. 남은 건 우리 회사의 자체 진단인데, 그건 우리가 어떻게든 해결해 볼게."

철규가 말을 마치자마자 제니가 빛나에게 한소민의 바이오 인증서가 어디에 있는지 물었다. 빛나는 안방에 있는 한소민의 태블릿 PC에 있다고 말했다. 제니가 말했다.

"가져와. 보험금 청구 접수하게."

빛나가 주저하고있자 제니가 단호히 말했다.

"네가 아무리 똑똑해도 보험금 청구는 혼자서 못 해."

빛나는 알겠다는 듯 고개를 끄덕이고선 안방으로 들어갔다. 잠깐 방문이 열렸다가 닫혔다. 그 사이 철규와 제니는 어두컴컴한 공간을 가득 채운 푸른빛 속에서 한소민이 바닥에 앉아 있는 걸 보았다. 사실상 앉아 있다고 말하기보단 굳어 있다고 말하는 편이 나았다. 등이 말릴 대로 말렸고 목이 그 끝에서 바닥과 평행한 채로 텔레비전을 향해 길게 내빼져 있었다. 잔뜩 움츠린 어깨는 삐쭉 솟아올라 흡사 앉은 채로 도움닫기를 하려는 것처럼 보였다. 철규와 제니는 잠깐 사이 방안에서 새어 나온 악취 때문에 얼굴을 찌푸려야 했다. 한소민은 둘의 예상보다 훨씬 심각한 상태였다. 둘은 난감한 표정을 지으며 서로 눈을 마주쳤다.

빛나가 태블릿 PC를 들고나와서 제니에게 건넸다. 셋은 아무 말 없이 식탁으로 가서 앉았다. 제니가 보험사 어플을 설치하고 보험금 청구를 진행하는 동안 철규는 애써 아무렇지 않은 말투로 빛나에게 물었다.

"엄마한테 우리가 온 거 말씀드렸니?"

"말은 했는데... 아마 못 알아들으셨을 거예요."

"... 다 잘 될 거야. 걱정하지 마."

잠시 침묵이 흐른 뒤 철규가 다시 물었다.

"다른 애들도 그 이상한 얘기를 믿고 있니?"

"무슨 얘기요?"

"잡혀가서 실험당한다는."

"이상한 얘기 아니에요. 진짜예요."

"아저씨 생각엔... 커널이란 데는 당분간 들어가지 않는 게 좋을

내게 와줘

것 같다."

빛나는 자기 폰을 만지작거릴 뿐 대꾸하지 않았다. 청구서 작성을 마친 제니가 빛나에게 태블릿을 건네며 바이오 인증 서명을 하라고 했다. 빛나가 능숙하게 비밀번호를 입력해 인증을 마쳤다. 제니가 자리에서 일어서며 말했다.

"2차 진단서를 받으려면 청구인이 회사가 지정한 병원으로 가야 해. 그런데 이번에는 너희 집으로 전문의가 직접 방문할 거야. 예외를 적용했거든. 며칠 뒤에 올 텐데 내가 같이 올 거니까 걱정하지 마. 네 엄마는… 여건상 J시에 있는 병원으로 가게 될 거야."

제니를 따라 일어선 빛나가 무슨 말을 하려는 듯 우물쭈물했다. 제니가 말했다.

"됐어. 그동안 잘 있기나 해."

제니가 돌아서서 현관 쪽으로 걸어갔다. 철규가 빛나의 머리를 한 번 쓰다듬어 주고 나서 말했다.

"아줌마나 너나 참 힘들게 산다. 잘 있어. 금방 올게."

철규도 돌아서서 제니에게로 갈 때였다. 갑자기 안방 문이 열리며 한소민이 밖으로 나왔다. 빛나가 놀라서 말했다.

"엄마?"

그 소리에 제니와 철규가 돌아봤다. 한소민이 방문 앞에 서서 퀭한 눈으로 두 사람을 바라보았다. 빼빼 마른 몸을 헐렁한 남색 티셔츠가 감싸고 있었고 하의는 입지 않은 채였다. 드러난 다리는 앙상했고 안짱다리처럼 안으로 휘어 있었다. 한소민은 목을 앞으로 길게 내뺀 채 철규와 제니를 한참 동안 쳐다보았다. 삐쭉 솟은 어깨뼈가 귀까지 닿을 것 같았다. 철규는 자기도 모르게 침을 꿀꺽 삼키고 말았다. 아무 말도 떠오르지 않았다. 한소민이 방금 바닷속에서 빠져나온 괴생명체 같다는 생각이 들었을 뿐이다. 인간이 도달할 수 없는 심해 속에 살기에 이제껏 단 한 번도 발견된 적이 없는 생명체. 제니가 '한소민 씨' 하고 작은 목소리로 불렀다. 그러자 한소민은 턱을 치켜들며 '우오-' 하는 낮고 긴 소리를 내었다. 빛나가 다급히 한소민의 팔을 잡아끌며 방으로 들어갔다.

철규는 다시금 닫힌 방문을 쳐다보며 생각했다. 오 닥터가 말했던 게 바로 이것이었나. 한소민은 전혀 다른 세상에 가 있는 게 틀림없었다. 철규가 볼 수 없는 그 세상이야말로 한소민에게는 진짜일 것이다. 철규는 머릿속에 바닷속을 유영하는 한소민의 모습을 그려보았다. 그곳은 분명 매우 춥고, 어둡고, 외로운 공간일 텐데 어쩐지 한소민에게는 그곳이 그 어느 곳보다 따뜻하고, 밝고, 충만한 공간일 거란 직감이 들었다. 귓전에는 아직도 한소민이 냈던 이상한 울음소리가 맴돌았다. 철규는 뒤늦게 그 소리가 어쩌면 빛나를 부탁한다는 뜻이었을지도 모른다는 생각이 들었다.

한소민은 과연 그곳에서 나올 수 있을까? 아니, 나오려고 할까? 만약 나온다면. 그땐 어떤 모습일까?

철규가 그런 생각을 하고 있을 때 제니가 어딘가로 전화를 걸었다. 휴먼 라이프 P시 지사장을 찾은 제니는 지사와 협력 중인 우울증 진단 전문의가 누구인지 물었다. 얼마간 대화를 나눈 제니는 그를 당장 자신에게 보내달라고 요청했다.

Epilogue

철규는 아침부터 쉬지 않고 울려대는 자기 폰을 내려다보았다. 누군가로부터 전화가 온 것도, 메시지가 온 것도 아니었다. 국가에서 발송하는 재난 안내문자였다. 어느 지역에 몇 번째 좀비가 출현했다는 문자 메시지가 팝업으로 떴다가 사라지기를 반복하고 있었다.

몇 달 전 철규와 제니가 상담 갔던 집에서 본 여자는 국내에 공식적으로 보고된 두 번째 '진짜 좀비'였다. 철규와 제니가 여자에게 떠밀리듯 집으로 들어갔던 그 순간, 경기도 외곽의 한 도시에서 한 남자가 길 가던 여자를 갑자기 물어뜯었는데 그가 바로 첫 번째였다.

그날 충격을 받은 제니는 곧장 집으로 돌아간 뒤 여태 집 밖으로 단 한 번도 나오지 않았다. 하던 모든 일을 중단했고 러닝머신 위를 뛰는 일도 멈췄다. 굳어버린 듯 아무 일도 하지 않는 제니의 곁을 나나가 지켜주었다. 철규는 나나와 메시지를 주고받으며 제니의 상태를 주기적으로 확인했다.

제니가 집안에 틀어박혀 있는 동안 광범위성 중독 증후군 상품의 정식 출시는 당연히 없던 일이 되었다. 제니와 철규가 석 달간 간신히 만들어 놓은 표본, 즉, 49명이 처음이자 마지막 가입자들이었다. 그들은 가입하고 나서 불과 몇 달 사이 모두 중독증에 걸렸는데, 그중 절반은 벌써 중증이 되어 있었다. 회사는 적자를 내가면서도 그들에게 보험금을 계속

지급했다.
그러는 사이 제니가 한소민의 보험금을 허위로 청구했음이 밝혀졌다. 보험금은 이미 지급되어 쓰였고, 귀책 사유가 전적으로 제니에게 있는 것으로 조사되었기에 보험금 반환 청구는 불가능해 보였다. 회사는 대신 피해를 보상받으려 제니에게 소송을 걸었다. 하지만 얼마 안 가 사장 직권으로 소송이 취하되었다. 제니가 일하지 않은 지 오랜 시간이 지났지만 여전히 제니의 페이지를 통해 보험에 가입하는 사람이 많았기 때문이다. 나나가 제니를 대신해서 제니가 만들어 놓은 매뉴얼대로 고객의 문의에 응대했다. 회사로선 제니를 놓칠 수 없었다.
철규는 가능한 한 집에 머물라는 정부의 지침이 있었는데도 매일 밖으로 나와 서희가 입원한 병원으로 갔다. 그러다 언젠가부터는 아예 병실에 머물렀다. 서희는 여전히 중증 상태였고 좀체 나아질 기미가 보이지 않았다. 하지만 철규는 서희가 나을 거라는 믿음을 잃지 않았.
철규가 병실에 미문 첫날만 해도 종일 이불 안에 들어가서 나오지 않던 서희는 어느새 잘 때를 빼곤 이불 밖으로 나와 있었고, 때론 철규에게 먼저 말을 걸기도 했다. 철규는 서희가 하는 어떤 사소한 말이라도 놓치지 않고 귀담아들었고, 눈빛과 마음으로 말해주었다. 무엇도 증명하려고 애쓰지 말라고. 아무것도 증명할 필요가 없다고.
철규가 서희와 함께 병실에 머무는 동안, 그리고 나나가 제니와 함께 제니의 집에 머무는 동안 세상은 점점 변해갔다. 한때는 집안에만 틀어박혀 세상과 단절된 채 지내던 이들이 이제는 자기에게 와 달라고 끊임없이 외치고 있었다. 그들은 혼자 있는 걸 도무지 못 견디겠다는 듯이, 어떻게 자기를 잊을 수 있느냐는 듯이 아무에게나 연락해서 만나자고 했다. 그러고는 찾아온 이들을 물어뜯었다.

늘 한적했던 거리에 사람들이 하나둘 늘어났다. 모두 좀비였다. 영화에서 보던 것처럼 좀비끼리는 서로 물지 않았다. 그들은 무척 순하고 평화로워 보였고, 멀리서 보면 꼭 햇볕을 쬐려고 모인 비둘기 떼 같았다.

서희는 점점 좋아지더니 어느덧 경증이 되었다. 그사이 정부는 좀비를 다루는 방법을 알아냈고 거리의 좀비를 포획해 격리시설에 가두었다. 거리가 다시 한적해진 어느 날, 빛나가 철규에게 메시지를 보내왔다. 자기 말이 맞았다며, 정부가 이렇게 빨리 해결책을 찾아낸 건 사람들을 가두고서 실험한 결과 데이터가 있었기 때문이라는 내용이었다.

메시지를 본 철규는 커널에 들어가 보았다. 좀비가 출현한 뒤로 다시금 유명세를 탔던 그곳에 이제 새로운 소문과 음모론이 떠돌고 있었다. 정부가 좀비를 대체 에너지로 쓸 방법을 찾아냈다는 말도 있었고, 좀비를 다시 인간으로 되돌릴 연구가 진행 중이라는 말도 있었다. 좀비에게 먹히고 싶다며 좀비인 사람은 지금 당장 자신을 초대해 달라는 글들도 넘쳐났다. 영악해진 인류를 자기 뜻대로 다루기 어려워진 외계인이 좀비를 지구의 새로운 지배자로 만드는 과정이라는 글까지 읽은 철규는 커널을 빠져나왔다. 그곳 자체가 좀비 세상인 것 같았다. 철규가 빛나에게 답신했다.

- 엄마 다 나으면 모시고 놀러 와.

소문들이 떠도는 사이 사람들은 서서히 알게 되었다. 좀비는 사람을 만나지만 않으면 이 세상 그 무엇보다도 순한 생명체라는 것을. 그 같은 깨달음과 함께 세상에는 새로운 규칙이 생겼다. 누군가 자기 집에 오라고 초대한다면, 그가 누구든 절대 가지 말아야 한다는 것.

철규는 어느 날엔가 정부가 온 국민에게 발송한 메시지를 읽다가 헛웃음을 지었다. 좀비 예방 수칙이었다. 수칙 중 몇 가지는 이랬다.

- 누군가를 만나고 싶은 욕구가 생긴다면 그 즉시 국가질병센터에 신고하십시오.
- 누군가에게 초대받았다면 그 즉시 초대한 이를 국가질병센터에 신고하십시오.

철규가 퇴원한 서희를 데리고 집으로 돌아온 날, 형준이 은하와 함께 놀러 왔다. 형준이 너스레 떨 듯 말했다.

"넌 오라고 한 적 없고, 난 널 만나고 싶지 않았다."

철규가 웃으며 대꾸했다.

"전 부장님 보고 싶었는데요?"

"쉿! 잡혀가려고 쓸데없는 소릴."

점심은 철규가 직접 요리했다. 거의 다 먹었을 때쯤 나나에게서 메시지가 왔다.

- 저희 살롱에 놀러 오실래요?

철규가 무어라 답장해야 좋을지 망설이고 있을 때 메일 수신 알림이 떴다. 제니였다.

- 귀하를 저희 살롱에 초대하는 바입니다.

폰을 내려다보고 있는 철규에게 형준이 물었다.

"뭐야? 누군데?"

철규가 대답했다.

"제니요."

"제니? 너 제니랑 연락돼?"

"저녁에 시간 돼요? 놀러 오라는데."

형준이 채 대답하기도 전에 은하가 외쳤다.

"시간 돼요!"

철규가 이번에는 서희에게 물었다.

"서희는 어때?"

"가면 뭐 재밌는 거라도 있어?"

"그냥 시낭송도 하고, 춤도 추고, 그림도 그리고, 토론도 하고…"

"토론? 뭘?"

"대체 세상이 왜 이렇게 됐는지."

서희가 장난치듯 대꾸했다.

"왜긴. 아빠 때문이지."

철규가 답신 버튼을 눌러 제니에게 몇 명 더 데리고 가도 되겠냐는 메일을 보내고 있을 때 형준이 중얼거리듯 말했다.

"그런데 제니 괜찮은 건가? 좀비 됐단 소리가 있던데?"

철규가 그런 말도 안 되는 소리는 대체 어디서 들었느냐고 묻자 형준은 '워낙 연락이 안 되니까'라고 얼버무렸다. 그때 나나로부터 메시지가 왔다. 폴리, 아나키, 레볼루션! 지금 당장 내게 와줘!

밖에서 떠도는 전염병으로부터, 안에서 좀비화되는 중독증으로부터 사람들을 지키기 위해 만들어진 마을. 이곳에 좀비 감별사, 수련이 찾아온다. 하지만 이 마을은 어딘가 좀 이상하다. 대체 정상과 비정상, 중독과 비중독의 경계는 무엇일까?

우리 마을로 오세요

*

'이런 곳에 마을이 있다고?'
수련은 점점 더 깊은 산속으로 들어가고 있었다. 서울에서 꼬박 다섯 시간을 차로 달려와 한 시간째 걷고 있다. 여기에 오두막 한 채도 아니고 마을이 있다니. 길을 잘못 든 건 아닌지 나무에 새겨진 표식을 확인하고 또 확인했다.
"한 줄로 되어 있는 세로줄만 따라오세요."
어제 받은 연락이었다. 처음에는 무슨 말인지 어리둥절했는데, 숲길에 들어서며 알았다. 나무마다 표식이 있었다. 가로줄, 세로줄, 한 줄부터 네 줄까지. 다른 표식을 따라가면 다른 마을이 나오나, 궁금했지만 길을 잃을까 봐 '한 줄짜리 세로줄' 나무만 보며 걸었다.
마지막 목표 나무를 지났다. 더 이상 갈 곳이 없었다. 이제 어느 나무에도 '한 줄짜리 세로줄'은 없었다. 수련은 멈춰서 사방을 둘러보았다.
그 순간, '삐----' 낮은 소리의 파장이 울리기 시작했다. 소름이 끼쳤다. 시끄럽지는 않았지만 뇌를 자극하는 소리. 수련은 주저앉아 몸을 웅크리고 귀를 막았다.

그때 나무 하나가 움직이더니 두 명의 사내가 몸을 드러냈다. 둘은 수련을 양쪽에서 잡아끌고 나무 밑으로 들어갔다. 이내 나무가 제자리로 돌아가고 소리가 그쳤다. 바람이 강하게 불더니 수련의 발자국을 삼켰다. 수련이 있었던 흔적은 남김없이 사라졌다.

*

수련이 눈을 떴다. 침대에서 몸을 일으켜 사방을 둘러보았다. 책상 하나와 옷장 하나. 메고 온 가방은 의자 위에 놓여 있었다.
여기가 어디지, 꿈인가. 멍하니 앉아 있을 때 문이 열렸다.
　"완영압니다. 멀리가지 오느라 임드셨지요?"
익숙한 목소리, 수련을 여기로 부른 사람이다. 수련은 벌떡 일어나 허리를 숙였다.
　"안녕하세요? 드르 보험사..."
수련의 인사가 끝나기도 전에 남자는 뒷걸음질 치며 문밖으로 나갔다. 수련은 당황했다.
　"가서 잘 해! 그 마을에 우리 고객이 수십 명이야. 알지?
　고객들 위험 등급은 당연히 올라가 있을 거야. 해지하지 못하게
　관리 잘 하고."
사무실에서 나올 때까지 귀에 못이 박이도록 들은 이야기. '그렇게 중요한 고객이면 당신이 가시던가요!'라는 말이 목구멍까지 차올랐지만

수련은 "네!"라는 짧은 말만 남기고 사무실을 나왔다.

수련도 안다. 전염병의 위험에서 아직 벗어나지 못했고 점점 늘어가는 거리의 좀비들을 헤치고 멀리까지 가려는 사람은 없다는 걸. 그렇다고 이제 막 일을 시작한 수련이 못 간다고 할 수는 없는 노릇이었다.

'갑자기 왜 나갔을까?'

아무리 생각해도 수련이 잘못한 건 없었다. 고생해서 여기까지 와서 허리 한 번 숙였을 뿐인데 그는 왜 그렇게 놀랐을까? 고민한다고 해결될 문제가 아니었다. 수련은 크게 숨을 한번 쉬고, 문을 열었다.

문은 쉽게 열렸고, 그녀를 감시하는 사람은 없었다.

'감금은 아니었구나.'

수련은 조금 가벼워진 마음으로 복도를 지나 건물 밖으로 나왔다.

사람들이 환한 얼굴로 돌아다녔다. 수련과 눈이 마주치면 가볍게 고개를 숙이며 인사하는 이도 있었다. 수련도 고개 숙여 인사했다. 마을을 돌다 보니 수련의 마음도 편안해졌다. 밖을 돌아다닐 때 이런 편안함을 느껴본 게 얼마 만인지. 이곳은 전염병이 존재하지 않았던 곳 같았다. 잘 구획되고 조성된 깨끗한 마을. 양쪽으로 늘어선 아담한 집들은 마당도 품고 있었다. 이곳에서 지낼 일주일이 괜찮을 것 같았다. 어쩌면 일주일 후에도 계속 남아 있고 싶을지도 모른다는 생각도 들었다.

수련은 피식 웃음이 났다. '날 여기로 보낸 분들, 감사합니다! 여기서 잘 쉬다 돌아가겠습니다!' 기분이 좋아진 수련은 콧노래를 불렀.

앞마당에서 잔디를 가꾸는 마을 사람이 보였다. 인상 좋은 할머니와 아이였다. 아이의 표정이 밝았다. 이제는 사라진, 동화 속 마을 같았다.

수련은 큰 소리로 인사했다.

"안녕하세요? 저는 트르 보험사..."
그녀가 인사를 건네자 할머니는 소스라치게 놀라며 아이를 끌어안고 집 안으로 들어갔다. 열려 있던 창문이 닫혔다. 창을 통해 그녀를 쳐다보는 마을 사람들의 차가운 시선이 느껴졌다. 평화롭던 마음에 균열이 가는 기분, 또다시 들려오는 낮은 파장의 뇌를 자극하는 소리.
"삐---."
수련은 또다시 쭈그려 앉아 귀를 막았다.

*

꿈을 꾼 건가, 수련은 침대에서 몸을 일으키며 중얼거렸다. 책상 하나와 옷장 하나, 메고 온 가방은 의자 위에, 낯익은 공간.
'무슨 일이 있었던 거지?'
수련은 가방에서 노트를 꺼냈다. 습관처럼, 눈을 감고 기억을 되돌렸다. 수련은 자신이 똑똑한 편은 아니라고, 늘 생각했다. 어릴 때부터 그랬다. 행동이 재빠르지 못했고 눈치가 빠르지도 않았다. 하지만 한 가지 자신 있는 건 천천히 복기하는 것, 그게 수련이 가진 단 하나의 무기였다. 중요하다고 생각하는 건 그렇게 복기하며 메모했다. 그 덕에 수련은 남들보다 느려도 오래 기억했다. 그 하나의 무기가 지금 이 일을 하는 데는 엄청난 장점으로 작용했다.
수련은 트르 보험사의 설계사이자, 좀비 감별사라고 불리는 상담사였다.

좀비 감별사는 최근 유망 직업으로 떠오르는 새로운 직종이었다. 상황을 관찰하고 이야기를 경청하면서 복기하고 메모하는 수련에게 딱 어울리는 일이었다. 수련은 학교 다닐 때부터 아르바이트를 하며 생활비를 벌어야 했다. 하지만 서빙을 하면 늘 한 달도 채우지 못하고 쫓겨났다. 행동이 너무 느렸다. 수련이 일하는 곳마다 낮은 평점과 함께 '답답해서 죽는 줄...' 이라는 댓글이 달렸다. 수련은 빠르게 흘러가는 시대에 어울리지 않는 외딴 섬 같은 사람이었다.

하지만 3년 전, 세상이 변했다. 전 세계에 전염병이 유행하면서, 전 세계가 멈춰 버린 듯했다. 바이러스는 진화에 진화를 거쳐 그 어느 것보다 전염성이 강했다. 감염을 막기 위해 나라와 나라 사이의 이동은 금지되었고, 사람을 만나는 것조차 제한되었다. 학교도 가게도 모두 문을 닫았다. 겉으로 보기에는 사람들의 삶이 멈춘 듯 보였지만, 실상 집 안에서는 그 어느 때보다 많은 일이 벌어지고 있었다. 게임을 하는 인구가 늘었고, TV와 핸드폰에 더욱 집중했으며, 식욕이 늘어서 먹고 또 먹었다. 집에서 지내는 시간이 길어질수록 가족 간에 싸움도 늘었다. 수련이 6개월을 넘게 일하던 북카페 아르바이트도 결국 끝이 났다. 북카페는 수련과 잘 어울리는 곳이었다. 커피나 맥주를 마시며 조용히 책을 읽는 손님들은 대체로 여유가 있었다. 수련의 느린 서비스를 불편해하는 사람은 거의 없었다. 가끔은 시간이 멈춘 것 같은 그 공간과 수련은 참으로 잘 어울렸다. 하지만 전염병으로 북카페에 손님이 끊어지면서 결국 문을 닫을 수밖에 없었다. 그렇게 많은 가게가 폐업했다.

반면 어떤 기업들은 호황을 누리기 시작했다. 특히 대기업에서는 기술력을 앞세워 사람들의 심리를 파고들었다. 개개인이 중요하게 생각하는 하나의 욕망에 집착하도록 프로그래밍하고 소비를 장려했다. 사람들은 점점 그 시스템의 편리성에 빠져들었고, 이는 심각한 사회적 질병이 되어 다양한 중독증을 낳았다. 무언가에 중독된 사람들은 여러 단계를 거쳐 심각한 경우 일상생활이 어려워졌다. 사회는 중독의 중증 단계까지 올라간 사람들을 좀비라고 불렀다. 식욕만 남아 모든 것을 탐하는 좀비처럼 하나의 욕망에 집착하게 되었으니까.

트르 보험사는 그때 발병한 전염병의 수혜자 중 하나였다. 트로 보험사는 변화하는 시대에 발 빠르게 대처해 암, 수술 같은 외적인 질병 보험을 넘어 정신병리학적 질병 상품을 내놓았다. 그중에서도 가장 인기 있는 상품은 역시 게임 중독 보험과 핸드폰 중독 보험이었다. 핸드폰 중독으로 나타날 수 있는 거북목 같은 신체적인 보상부터 치료를 위한 1:1 상담사를 붙여 주는 것까지 보장되었다. 트르 보험사의 중독 보장 보험은 엄청난 인기를 끌었다. 전국에서 대대적으로 보험 설계사를 채용했고 수련도 이모의 권유로 얼떨결에 보험 설계사가 되었다.

2년이 지나자 좀비 보험으로 보험금을 타는 사람이 기하급수적으로 늘기 시작했다. 그때 트르 보험사는 '중독 감별사'라는 직업군을 만들었고, 상담을 통해 중독증으로부터 안전한 사람과 그렇지 않은 사람을 분류, 세분화한 등급을 매겨 가격을 달리 받았다. 중독증이 이미 중증을 넘는 경우, 보험 가입이 불가능했다. 보험사는 단계에 따라 1년이나 6개월에 한 번씩 좀비 감별사를 파견해 가입자들을 상담하고 보험 가격을 조정했다.

수련은 고객들의 행동을 찬찬히 관찰하면서 작은 행동과 말 하나도 놓치지 않았다. 상담이 끝나면 다시 복기하면서 고객의 특성을 꼼꼼히 적어 두었다. 다른 사람보다 2배의 시간이 걸렸지만 그만큼 정확했고, 거기서 신뢰를 얻었다. 설계사 경력이 많지 않던 수련이 좀비 감별사로도 일할 수 있게 된 비결이었다.

수련은 노트에 이 마을에 와서 있었던 일을 복기하며 적어 내려갔다. 남자가 이 방에 들어왔던 순간부터 마을에서 쓰러진 그 순간까지. 쓰고 나니 한 가지는 확실했다. 인사를 하려고 할 때 남자가 방에서 도망치듯 나갔고, 할머니가 아이를 데리고 서둘러 집으로 들어갔던 것. 인사, 인사가 문제였던 건가.

"안.녕.하.세.요?

트.르. 보.험.사. 중.독. 감.별.사. 이.수.련.입.니.다."

수련은 한 글자 한 글자에 힘을 주어 또박또박 말하고, 귀를 막으며 주위를 둘러보았다. 한참을 기다렸지만 아무 일도 일어나지 않았다. 그때 쪽지 한 장이 문 아래로 밀려 들어왔다.

> 우리 마을에는 규칙이 있습니다. 당신은 그걸 어겼어요.
> 이곳에서는 매일 새로운 규칙이 생겼다 사라집니다.
> 오늘의 규칙은 말할 때, 쌍기역, 쌍디귿 같은 된소리와
> 츠, 트, 프 같은 거센소리를 쓰면 안 된다는 것입니다.
> 침을 덜 튀면서 말할 수 있는 방법입니다.

안녕하세요, 가 아니라 안녕아세요, 트르가 아니라 드르.
수련의 입꼬리가 위로 올라갔고, 기다렸다는 듯 문이 열렸다.
남자가 문 앞에 서 있었다.

"이제 아셨죠?"

수련은 고개를 끄덕였다. 입 밖으로 말을 내뱉기 전에 생각할 시간이 필요했다.

"우리 마을에는 중독 단계가 올라간 사람이 없을 거요."

남자의 목소리에 자신감이 느껴졌다.

'그럴 리 없어요. 열에 아홉은 단계가 상승해요. 아직도 집 밖은 전염병이, 집 안은 중독증이 진행 중이거든요.'

수련은 머릿속으로 말했다. 말을 뱉을 수가 없었다. 된소리가 있나, 거센소리가 있나 생각하다가 결국 말할 타이밍을 놓치고 말았다. 그저 고개를 끄덕일 뿐이었다.

"내 이름은 아다요. 이 마을의 교육 담당자."

이번에도 수련은 말없이 고개만 끄덕였다. 남자는 어깨를 으쓱하며 말을 이었다.

1년 전, 더이상 집에서만 지낼 수는 없다고 생각한 그는 자기 아들 또래가 있는 세 가족과 함께 이곳으로 왔다. 이후 알음알음 몇 가족이 더 모여서 지금은 30명가량 되는 사람이 이 마을에 살고 있다. 모인 지 3개월쯤 지나자 때 어른, 아이 할 것 없이 서로 다른 중독 증세가 시작되었다. 증세가 가볍긴 했어도 그대로 두면 중증으로 번질 터였다. 교육학과 교수였던 그는 마을의 규칙을 만들고 다양한 교육을 시작했다.

"시험을 위한 문제 풀이 악습이 이런 시절에 왜 필요하겠어요. 우리는 중독증을 막고 바이러스의 전염을 예방할 수 있는 교육을 합니다."

거센소리 된소리 내지 않기, 같은 교육이 정말 효과가 있는지 묻고 싶었지만 이번에도 수련은 고개만 끄덕였다. 수련이 이 규칙에 익숙해 지려면 많은 시간이 필요할 것 같았다.

"늦었으니 오늘은 이만 쉬시고 내일 아침 9시에 돔 모양의 건물로 오세요."

남자는 방에서 나갔다 다시 돌아와 네모난 바 하나를 건넸다.

"이거 드세요. 넉넉하진 않아도 배가 고프진 않을 겁니다."

"감사… 압니다."

"오, 드디어 입 밖으로 소리를 냈네요."

수련은 바를 받아들며, 다시 입꼬리를 올렸다.

*

수련은 마을 사람들의 사진이 붙어 있는 면담지를 보며 동그랗게 앉아 있는 사람들을 지켜보고 있었다. 등급 심사를 위해서는 한 사람씩 상담 해야 하지만, 집단 관찰이 더 정확할 때가 있다. 무의식적으로 나타나는 행동이 그 사람의 진짜 모습이기도 하니까.

전염병이 돈 이후, 10명 이상의 사람은 모여 있을 수 없었다. 수련도 집단 관찰은 처음이었다. 앉아 있는 사람들과 사진을 비교해 가며 고객들의 이름을 되뇌었다.

어제저녁, 자신을 '아다'라고 소개한 그 남자의 이름은 '하타'였다.

"오늘의 규칙은 가상현실입니다."

규칙, 현실? 거센소리. 괜찮은 건가, 수련이 주위를 두리번거렸다. 피하는 사람도, 차가운 눈빛을 보내는 사람도 없었다. 아무 일도 일어나지 않았다.

매일 새로운 규칙이 생겼다 사라집니다.

쪽지의 한 문장이 떠올랐다. 하루만 통용되는 규칙.
수련은 잠들기 전까지 이불을 뒤집어쓰고 사라질 규칙을 열심히 연습했던 자신이 미련하게 느껴졌다.
하타가 버튼을 누르자 사방 벽에 바다 영상이 나타났다.
파도를 타는 서퍼들의 모습, 바나나 보트를 타며 소리 지르는 사람들, 튜브를 앉고 타고 노는 사람들과 오리발을 신고 수영하는 모습, 오일을 바르고 해변에 누워 있는 사람들, 모래성을 쌓는 아이들….
하타가 또 한 번 버튼을 누르자 놀이공원의 모습이 나타났다. 지금은 사람들이 찾지 않아 폐허가 되어 버린 애니랜드. 놀이기구를 타고 퍼레이드를 하는 찬란했던 시절의 모습이었다. 그다음에 나타난 영상은 모래사막. 두건으로 얼굴을 감싼 사람들이 모래바람을 온몸으로 맞으며 한 발 한 발을 힘겹게 내디디고 있었다.
그 뒤로도 리조트의 수영장, 한 발만 더 디뎌도 떨어질 것 같은 절벽, 드넓은 초원과 빽빽한 숲길까지 다양한 장소가 나왔다.
영상이 멈추자, 하타가 천천히 일어섰다.

"우리는 앞으로 지구의 아름다운 곳을 경험할 수 없을지 모릅니다. 정말 안타까운 일이죠."

"애니랜드! 또 가고 싶어요. 진짜 재미있었는데!"
영상이 바뀔 때마다 가장 많은 감탄사를 내지르던 아이. 공감 능력이 뛰어난 아이일 것이다. 수련은 재빨리 상담지를 훑었다.

재재, 10살, 휴대폰 중독 가능성 1단계. 전염병 가능성 2단계, 사람을 좋아하고 친화력이 뛰어나 대면 접촉을 통한 감염을 조심할 것.

"전 가 본 적 없어요. 아무 데도 못 가봤어요."
진이, 어제 할머니와 함께 있었던 그 여자아이가 울먹이는 목소리로 말했다.
"평생 못 가 보면 어떡해요?"
갑자기 돔 안의 공기가 무거워졌다. 하아, 한숨이 이어졌다.
"그럴지도 몰라요. 그렇다고 잊으면 안 되니까 오늘은 대리 체험을 하는 날로 정했습니다. 가상현실 규칙!"
VR? 수련은 분명히 이 마을에 그런 전자기기는 들어올 수 없다고 들었다. 휴대폰 사용도 한 시간으로 제한되어 있었다. 며칠 있다 떠날 손님에게도 적용되는 규칙이었다.
"상상하는 거예요. 만약 '나는 이곳을 해변이라고 정했다' 하면 여기가 해변인 것처럼 오늘 하루를 지내는 거예요. 수영복 입고 튜브 끼고 선글라스 끼고요."
"그럼 난 프랑스 파리로 할래요. 하타, 오늘은 사진 마음껏 찍어도 돼요? 여행을 갔으면 셀카를 찍어야지."

"지니! 오늘은 오케이예요!"

하타의 '오케이'로 무거웠던 분위기가 단숨에 날아갔다. 같은 공간이었다고 믿기지 않을 정도의 반전이었다.

> 지니, 35세, 외모 중독 보험 가입.
> 중독 2단계, 전염병 가능성 1단계.
> 여러 차례 성형했으나 아이를 낳은 후 더 이상 성형은 하지 않음.
> 피부 질환으로 보험금을 탄 적이 있고,
> 화장하지 않아도 주름이 생겨도 충분히 예쁘다고,
> 있는 그대로를 사랑하라고 상담할 때마다
> 세뇌되도록 얘기해 주고 있음.
> 자신의 사진을 SNS에 올려 소통하는 것을 좋아함.
> 주로 집에서 찍으므로 대면 접촉 거의 없음.

오늘은 휴대폰을 하루 내내 써도 된다는 건가? 수련은 이 상황이 선뜻 이해가 되지 않았다.

"난 배그로 할래. 그래도 돼요?"

"배틀그라운드? 강이, 너다운 선택이다."

강이의 표정이 활짝 폈다. 강이, 수련이 단계상승 고객 1순위로 생각했던 아이였다. 강이는 게임 중독 보험에 가입되어 있었다.

"오늘은 정말 아무것도 안 해도 된다는 건가요?"

"아무것도 안 하는 게 아니라, 뭐라도 하셔야죠."
"나는 휴양지로 할 건데, 비치 체어에 앉아서 맥주 마시고 쉬고 자고... 내가 꿈꾸는 최상의 휴가."
"빙고! 그게 조지에게 어울리는 가상현실이에요."

조지, 45세, 수면 중독 보험 가입.
중독 0단계, 전염병 가능성 3단계.
잠을 자지 않고 일해야 한다는 강박증이 있어,
게을러지는 게 불안해 보험에 가입함.

규칙이 정해질수록 수련은 걱정이 앞섰다. 이렇게 하고 싶은 걸 다 하게 해 주는 게 오늘의 규칙이라면, 중독 단계를 관찰할 수가 없었다.
'나를 골탕 먹이려고 이러는 건가?'
수련은 중독 단계가 올라간 사람이 없을 거라고 단언하던 하타의 말을 기억했다. 아직 며칠은 더 마을에 머물 거니까, 수작을 부려도 소용없을 거라고 생각하며, 하타를 향해 눈을 흘겼다.

"나 같은 할머니는 가고 싶은 것도 하고 싶은 것도 없어. 나도 해?"
"그럼요. 하셔야죠. 우리 마을은 규칙을 안 지키면 뭐?"
마을 사람들이 한목소리로 말했다.
"삐-"

"자, 그럼 이제 모두 돌아가셔서 준비하세요. 30분 뒤부터 시작합니다."

사람들이 약간 들뜬 상태로 돔 건물을 빠져나갔다. 수련이 나가려고 할 때 하타가 수련을 잡았다. 옷깃을 잡는 정도였지만, 누군가의 손이 몸에 닿는 느낌이 낯설었다.

"같이 하셔야 합니다."

"저도요?"

"그럼요. 우리 마을에서는 누구나 규칙에 따라야 해요.
어제, 생각나시죠?"

하타는 손가락으로 머리를 가리키며 소리 내지 않고 입 모양으로 말했다.

"삐–"

다시는 경험하고 싶지 않은 소름 끼치는 소리. 수련이 고개를 끄덕였다.

"소품이 필요하면 옆 건물로 가 보세요. 소장 강박증이 있었던
할아버지 덕분에 다양한 물건이 모여 있어요."

하타는 손가락으로 오른쪽을 가리키며 말을 이었다.

"물론 그 할아버지도 이 마을에 오신 뒤로 훨씬 좋아지셨죠.
단계가 내려간다고 보험비가 싸지지 않는다는 게 안타깝네요."

또 저 자신만만한 표정. 하타의 말이 진짜라면 여기서 중독 치료법을 발견한 셈이다. 그래서 수련은 더욱 하타를 믿을 수가 없었다. 치료법을 개발하고도 이 외진 숲속에 숨어 살 이유는 없을 테니까.

*

옆 건물에 들어서니 넓은 공간이 구획별로 나뉘어 있었다. 구획마다

종이며 플라스틱, 캔류와 신발부터 다양한 사이즈의 의류와 의자 같은 가구까지 깔끔하게 분류되어 있었다. 마치 거대한 재활용 분리수거대 같기도 하고 언젠가 TV에서 봤던 방송국의 소품실 같기도 했다. 수련이 정신없이 구경하는 동안 마을 사람들은 저마다 필요한 소품들을 챙겨 나갔다.

한 아이가 수련의 옷을 끌어당겼다. 친화력이 좋은 아이, 재재였다.
 "빨리 준비하세요. 곧 규칙이 시작돼요."
수련도 몇 가지 물건을 챙겨 자신의 방으로 돌아갔다.

그날, 마을 사람들은 제정신이 아닌 것 같았다. 지니는 세상 화려한 옷을 차려입고, 여기저기 돌아다니며 셀카를 찍어 댔고, 강이는 장난감 총을 들고 건물 뒤에 숨었다 나타났다 엎드렸다 나무 뒤로 이동해 가며 돌아다녔다. 재재는 진이를 데리고 다니며 마치 여기가 놀이동산인 듯, 나무에 오르내리고 소리를 지르며 뛰어다녔다,
 "여기는 사람이 많아. 줄 서서 기다렸다 타자!"
진이의 손을 꼭 잡고 10분 동안 반 발씩 앞으로 걸어나가기도 했다. 아무것도 하지 않겠다던 할머니는 꽃무늬 원피스를 입고, 거리에 돗자리를 펴고 앉았다. 어디 오셨냐는 물음에 손녀와 놀이동산에 와서, 손녀는 놀이기구를 타러 갔다고 태연하게 말했다. 어떤 이는 튜브를 끼고 돌아다니며 수영하는 흉내를 냈고, 어떤 이는 모래바람을 막는 듯 머리에 수건을 두르고 힘겹게 걷는 척했다. 조지는 집 밖에 의자 하나를 내놓고 앉아 빈 잔을 손에 들고 마을 사람들을 구경했다.
마치 코스튬 페스티벌의 한 장면을 보는 듯했다. 수련은 조끼를 입고

모자를 쓰고 두루마리 휴지 심 2개로 망원경을 만들어 목에 걸었다. 가장 무난하게, 튀지 않고 마을 사람들을 관찰하는 방법이었다. 처음에는 형식적으로 어쩌다 한 번 휴지 심을 들어 눈에 댔다 놓았다. 시간이 지날수록 휴지 심으로 사람들을 관찰하면 더 잘 보이는 것 같았고, 새로운 느낌이었다. 휴지 심으로 사람들을 관찰하고 수첩에 적다 보니 수련은 누구보다 열심히 오늘의 규칙을 수행했다.
인디언 복장을 한 하타는 그런 수련의 모습을 사진에 담았다. 지니의 셀카 속에도 탐험가 수련의 모습이 담겼다.
날이 저물고 방으로 돌아온 수련은 빽빽이 메모해 놓은 수첩을 들여다보았다.
회사에 뭐라고 보고해야 할지가 고민이었다.

'장소를 상상하며 아날로그적인 가상현실을 경험함.
모두 비정상처럼 보이지만 규칙에 충실함. 그래서 정상임.'

이렇게 보고할 수는 없었다. 내일은 보고서다운 보고서를 쓸 수 있겠지, 수련은 수첩을 덮으며 침대 위로 올랐다.

*

수련은 다음 날과 그다음 날, 마지막 날까지 고객들과 마음 편히 이야기를 나눌 수 없었다.

하루는 입을 벌리지 않고 말하기를 연습하는 복화술을, 하루는 손짓으로 대화하는 수화를 해야 했고, 기대했던 마지막 날은 머리 전체를 덮는 마스크를 써야 했다. 그 어떤 날도 마음 편히 마을 사람들과 이야기를 나누며 상담을 진행할 수가 없었다.

그렇게 며칠이 지났을 때, 수련은 이곳은 중독증이 생길 염려는 없겠다는 결론을 내렸다.

있던 중독증도 낫는다는 하타의 말이 사실이었다.

중독증은 뭔가 하나에 강하게 집중하거나 집착했을 때 나타나는 증상이었다. 매일 새로운 규칙에 적응해야 하는 이곳은 하나에 몰두하고 싶어도 몰두할 시간이 부족했다. 늘 하루의 일과를 복기해야만 마음이 편안해졌던 수련조차도 밤이 되면 아무 생각 없이 곯아떨어지는 곳이었다.

　"좀비 증상 없음. 중독증 단계 상향 조정자 없음.
　모두 현행대로 유지."

수련은 최종 보고서를 마무리하며 마을을 빠져나왔다. 수련의 수첩에는 보고서에 쓰지 않은 마지막 한 줄이 쓰여 있었다.

　　중독은 아니지만, 정상은 아닌 것 같다.

수련은 이 마을에 와서 정상과 비정상을 가르는 기준이 무엇인지 자주 생각했다. 매일 특이한 행동을 하는 이들을 정상이라고 할 수 있을까? 그런데도 하루하루가 신선했고, 내일의 규칙은 무엇일지 기대하며 지냈다는 점에서 자신도 정상인의 범주는 아니라는 걸 깨달았다. 수련이 즐겨 봤던 드라마 대사 한 구절이 생각났다.

"평범한 건 재미없어요. 나쁘지만 않으면 이상한 편이 더 좋아요."

집 안에서는 좀비가 되어 가고, 밖에서는 전염병이 돌고 있는 세상에서 이렇게 비정상적인 이상한 삶도 나쁘지 않다고 생각했다.
다음 중독 감별 때도 꼭 자신이 다시 오리라 다짐하며, 수련은 나무에 새겨진 두 줄로 되어 있는 가로 표식을 찾으며 산 아래로 내려갔다.

Episode 03
좀비 마라톤

근미래. 좀비의 확산으로 인해 인간 사회는 좀비들과 더불어 사는 디스토피아적인 모습으로 변해간다. 로랑은 여자친구 레아와 어릴 적부터 같은 동네에서 자랐으며 어려운 환경 속에서도 아름다운 삶을 가꾸어 가며 살아가고 있다. 그러던 어느 날 데이트 중에 레아가 바이러스에 감염되고, 좀비가 되어 버린다. 정부는 좀비가 된 사람들은 일주일 안에 정부에게 치료제를 신청하고 투여받아 원래의 모습으로 돌아올 수 있도록 정책을 마련하지만, 정부에서 보급하는 치료제의 물량은 늘어가는 좀비 수에 비해 턱없이 부족하고, 치료제를 신청할 시기를 놓쳐 회복하지 못한 좀비의 경우에는 정부에게 신고 해야 한다. 인간의 모습으로 돌아오지 못한 좀비들을 정부는 화장터로 데려간다. 하지만 로랑은 좀비가 된 여자친구를 정부에 신고하지 않는다. 가난한 로랑은 여자친구 레아를 위한 치료제를 구할 수 없게 되자 그녀를 집 안에 몰래 숨기고 함께 살아가기로 하고. 로랑과 좀비가 된 여자친구의 예측할 수 없는 동거가 시작되는데….

좀비 마라톤

"좀비 보험을 들라고요?"

처음 그가 우리를 찾아왔을 때 그건 황당한 이야기라고 생각했어요.
그는 별일 아니라는 듯 비스킷 하나를 입에 넣으며 말했죠.
"좀비가 되는 사람들이 곧 나오기 시작할 겁니다."
"말도 안 돼요. 그게 가능해요?"
그는 마시던 차를 내려놓고 단호하게 말했어요.
"저희가 예측한 바에 의하면 그렇습니다."
"농담 마세요."
"농담처럼 들리시겠지만 곧 제 말을 믿게 될 거예요."
조만간 도시에 좀비가 생겨날 거라며 보험을 미리 들어놓으라는 보험 회사 직원의 말에 저희는 당황스러움을 감출 수가 없었어요. 하지만 저희는 끝까지 그분의 말을 들어 줬어요.
저희를 위해 방문까지 해주신 그분에 대한 예의라고 생각했으니까요.
"믿기 어렵지만, 정말 그런 일이 생긴다면 재난상황이겠네요."
"대비를 해야죠. 미리."

"보험을 들어놓는다고 뭐가 달라지나요?"

"알 수 없는 악재나 재난상황에 대비하는 것이 보험이니까요. 다를 건 없죠."

그는 저희의 눈을 물끄러미 바라보며 물었어요.

"두 분 중 하나가 좀비가 된다면 어떡하시겠어요?"

저희는 서로의 눈을 잠시 바라보고 웃다가 동시에 말했어요.

"그래도 버릴 수는 없을 것 같아요."

그 사람은 미소를 지으며 다시 말했어요.

"바로 그겁니다. 암이나 특이 질환처럼 생각하시면 됩니다. 병에 걸려도 가족을 버릴 수는 없으니까요."

그는 우리에게 보험을 하나 권했어요. 만일의 경우에 대비해서 보험을 미리 들어놓아야 치료를 비롯한 여러 가지 구제가 가능할 거라고요. 레아는 그분이 주신 보험약정 패키지를 한 장 한 장 넘겨가며 살펴본 후 말했어요.

"그런데 왜 저희에게 굳이 이런 이야기를 해주시는 건가요?"

"두 분 모두 가족이 따로 없으시잖아요."

그 사람의 빈 잔에 차를 따라주며 레아가 말했어요.

"그러니까 이 보험을 들면 좀비가 되어도 죽이지 않고 치료해 주고 보호해준다는 거죠?"

"네. 그렇습니다. 좀비보험이니까요."

레아가 미소를 지으며 저를 한번 바라보았어요.

영화에서나 가능할 것 같은 이야기를 하는 보험회사 직원의 말이 불과 몇 개월 후 진짜로 일어나게 될 줄은 그땐 몰랐어요.

*

몇 달 후 사람들은 하나둘씩 좀비가 되기 시작했어요. 원인을 알 수 없는 바이러스에 노출된 사람들은 순식간에 좀비로 변했어요. 수도권에서 시작되어 점점 지방으로 퍼져 나갔죠. 다른 나라도 상황은 비슷했어요. 확산속도는 급속도로 빨라져서 다들 이 사태에 어떻게 대처해야 할지 어리둥절한 상태로 몇 주가 지나 버렸죠.

처음엔 사람들이 좀비로 변해갈 때 영화에서처럼 공격성을 드러내고 사람들을 해칠까 봐 모두들 공포에 떨었어요. 하지만 이 좀비 바이러스에 감염이 되어도 좀비가 된 사람들은 인간을 해치지는 않아요. 공격성이 전혀 없거든요. 피부가 변하고 살점이 조금씩 떨어져 나가고 몸 상태가 변해가는 것은 맞지만 죽은 후 살아나서 움직이는 좀비가 되는 것은 아니거든요. 감염이 되어도 처음 며칠 동안은 정상인처럼 일반적인 활동이 가능하고요. 다들 치료제를 맞으면 며칠 안에 금방 정상적인 모습으로 돌아온다는 것을 아니까 좀비가 되었다고 두려워하거나 사람들을 피하지는 않아요.

좀비 바이러스에 감염되면 우선 첫날엔 열이 나고 기침을 해요. 그리고 며칠 동안은 침을 흘리고 천천히 얼굴이 일그러져요. 처음의 모습으로 돌아가긴 힘들겠지만 그렇다고 자신이 누구인지조차 잊지는 않아요. 3일 정도가 지나면 피부가 벌어지기 시작하고 근육을 제대로 통제하기 힘들어지죠. 그러곤 의식이 점점 옅어져요. 하지만 그렇게 일주일이 지나도록 치료제를 맞지 않으면 의식을 완전히 잃어버릴 수도 있고, 그 자리에서 하루나 이틀 동안 하늘을 향해 입을 벌리고 있다가 사망한대요.

"걱정 마. 문둥병에 걸려 썩어 가는 멍청이일 뿐이야."

한 할아버지가 지팡이로 좀비를 가리키며 자신의 아내에게 미소 지으며 그렇게 말했어요.

사람들은 좀비 바이러스에 노출되지 않도록 마스크를 쓰고 다녀요. 사람들에겐 수십 년 전부터 마스크를 쓰지 않는 사람들을 신고하는 신고정신이 뇌리에 박혔어요. 마스크를 쓰지 않은 채 침을 흘리고 걸어 다니면 사람들은 일단 좀비로 보고 신고를 하죠.
좀비 상태가 되어가는 일주일 안에만 치료제를 맞으면 되니까 사람들은 가족 중에 누가 감염이 되어도 그렇게 불안에 떨지는 않아요. 치료제는 보건소나 구청에 가면 어렵지 않게 구할 수 있거든요. 좀비의 침이나 체액이 상처에 닿거나 호흡기로 들어가지 않으면 같이 지내는 데도 전혀 문제가 없어요. 원래 사람이었던 모습에서는 조금 멀어지지만 좀비가 되어도 아직 주민등록번호가 말살되거나 부동산 거래를 하지 못할 정도는 아니에요. 그렇게 좀비가 된다고 해도 일주일 동안은 침을 좀 흘리고 다니는 채로 생활할 수 있어요. 도시에서 흔하게 볼 수 있는 좀비들은 다 그런 좀비들이에요. 그러니까 좀비가 되었지만, 사람에게 공격성도 없고, 침을 좀 흘리고 다니는, 위험하지 않은 야생동물 같은 거라고 생각하면 돼요.

아직까지 죽었다가 다시 살아나는 좀비는 없었어요. 좀비와 접촉이 되어도 감염이 되지 않는다는 것을 알게 된 후, 사람들은 평소처럼 일상을 이어가기 시작했어요. 좀비들과 더불어 살아가는 생활이 만들어진 거죠. 사람들은 좀비 바이러스에 걸린 사람들을 흔한 피부질환에 걸린 사람 정도로 여기기 시작했어요. 하지만 정말 아무도 예상하지 못했던 좀비화였어요. 이런 시대가 오게 될 줄은 예상하지 못했으니까요. 운이 나쁘면 마스크를 쓰지 않거나 숨만 잘못 쉬어도 쉽게 좀비가 될 수 있는 환경이 되었거든요. 이제 우리 중 누구라도 좀비가 될 수 있다는 말이죠. 도시에서 돌아다니는 좀비들을 보는 건 흔한 일이 되었어요.

*

사람들과 좀비가 도시에서 섞여 살아가게 될 거라곤 상상을 해본 적이 없어요. 편의점에서 물건을 사가지고 나왔는데 좀비들이 신호등 있는 건널목을 건너기 위해 초록 불을 기다리고 있었어요. 야근하느라 자정이 다 되어 돌아왔는데 정류장에서 버스를 기다리는 동안 좀비 하나가

도로에 서서 손을 뻗어 심야 택시를 잡고 있는 것을 보았어요. 오후엔 도시락을 먹기 위해 공원에 앉아 있다가 손자 좀비와 함께 봄비를 맞으며 공원 벤치에 우산을 쓰고 앉아 있는 할아버지 좀비도 보았고요. 그래도 위험하지 않냐고요? 좀비의 침이 입으로 들어오면 당연히 위험하죠. 만약 치료제를 맞아야 할 시기를 놓친 좀비가 혹시 송곳니로 물기라도 한다면. 근데 송곳니에 물리면 위험한 건 사람도 마찬가지잖아요. 마스크 없이는 밖에 나갈 수 없는 세상이 된 지 오래인데 누구인지 모를 사람들에게 가까이 간다는 게 상상이나 가세요? 사람들도 송곳니가 얼마나 발달했는데요? 아시잖아요. 얼마 전에 좀비도 아닌데 자신의 송곳니로 기르던 햄스터를 물어 죽인 사람도 있었다는 거. 새끼손톱만 한 앞발로 자신의 손등을 조금 긁었다고 송곳니로 그 아이를 깨물어 버렸다는 기사는 정말 끔찍했어요. 저희는 그래서 아예 햄스터를 기르지 않아요.

감염된 좀비들은 대체로 온순하고 주로 멍한 표정으로 걷기만 해요. 물론 의식도 있고요. 혹시라도 좀비와 접촉 하다가 긁히기라도 해서 감염이 되어도 치료제만 있으면 금방 회복할 수 있어요. 물론 일주일이 지나도록 치료제를 맞지 않았거나 치료제 예약을 하지 않은 채 밖에 돌아다니는 좀비들은 위험할 수 있죠.

*

'제3회 좀비 마라톤 대회'

저는 사무실 창밖으로 마라톤을 하는 좀비들을 보고 있어요. 경찰의 가이드라인을 따라 좀비들이 마라톤을 하고 있네요. 팔다리를 휘청거리며 뛰어다니는 좀비들이 보입니다. 앞만 보며 달리고 있어요. 저들의 머릿속에 아직 의식이 남아 있다는 것이 믿어지지 않지만 사실이에요. 저들은 자신들이 누구인지 알고 있고 본인의 의지대로 마라톤을 하는 거예요. 믿을 수 없지만, 저들은 아직 인간이죠.
5백여 명 이상의 좀비들이 웅성웅성 도로 위에 모여 있다가 신호에 맞추어 막 출발했어요. 흐느적흐느적 팔다리를 흔들며 천천히 뛰기 시작한 거죠. 중간중간에 마스크를 끼고 좀비들과 함께 뛰는 멀쩡한 사람들도 섞여 있어요. 마스크를 쓴 좀비도 보이네요. 좀비를 뒤에서 응원하며 뛰는 저분들은 분명 인권보호단체에서 나온 사람들일 거예요. 그들은 정부의 허락을 받고 사람들의 서명동의를 얻어 좀비 마라톤 대회를 준비한 거죠. 소방차가 뒤에 따라가며 좀비들이 바닥에 흘려놓은 엄청난 양의 침과 떨어진 피부들을 세척하고 있어요.

"누가 우승할 것 같아?"
"글쎄요. 벌써 대회가 3회째인데 경력이 있는 분이 우세하지 않을까요?"
"작년에 우승한 사람은 국가대표 테니스 선수 출신 국회의원이었지?"
"네. 원래부터 체력이 좋은 사람이었어요."

"중간에 뛰다가 배고프다고 앞사람을 뜯어먹진 않겠지?
예전 영화 보면 사람도 물잖아?"
"부장님. 그런 혐오발언은 조심하셔야 할 것 같아요.
이제 그런 좀비는 없어요."
부장님은 이 좀비 마라톤 대회를 기획한 자회사의 주식 보유자입니다.
"근데 저 사람들 굳이 마라톤을 왜 하고 싶어 할까?"
"마라톤 대회를 앞두고 좀비가 되었지만 포기하긴 싫었나 보죠."
"사람들에게 본인들은 아직 정상이고 공격성이 없다는 것을 증명하고 싶은 거 아닐까?"
"저는 맨정신에도 오래달리기는 하기 힘든데…"
"나 같으면 그냥 집에서 치료제나 기다리겠어."

*

좀비들이 걷잡을 수 없이 도시에 확산되자 정부는 그해 겨울에 다른 나라들과 연합규정을 맺고 좀비가 되면 지켜야 하는 규정을 만들었어요. 현재로선 좀비가 갑자기 인간을 공격할 확률은 없지만 여전히 좀비의 비말에 감염될 확률이 존재하기 때문에 예방조치가 필요하다고 생각한 거죠. 이를 두고 뉴스에선 '제2의 포츠담 협약'이라고 공표했어요. 그리고 곧바로 이 규약의 세부항목들이 빠르게 퍼져 나갔어요. 5인 이상 좀비는 회식도 금지이고 사적모임도 금지되었죠. 물론 5인 이상 좀비들은 체육

시설이나 카페도 출입할 수 없고요. 다음해엔 뇌파를 연구하는 민간단체들이 좀비가 가까이 오지 못하도록 음파기계와 앱을 연구했죠. 휴대폰에 깔아놓기만 하면 5미터 안에 있는 좀비는 휴대폰에서 나오는 뇌파 때문에 사람들에게 접근이 불가능하거든요.

물론 치료제를 예약했거나 치료제를 맞고 활동을 보장받은 좀비들은 사람들과 여러 가지 거래를 하는 경우도 있어서 그들과 만날 때에는 이 뇌파가 나오는 알람과 앱을 꺼놓는 것이 매너죠. 인권보호단체에서 격렬하게 저항해서 이제 좀비가 되어도 차별해서는 안 되거든요. 치료제를 예약하고 대기 중인 일주일 동안은 좀비들도 일반인처럼 활동하는 데 전혀 지장이 없으니까요. 치료제가 예약된 좀비에게 사람 취급을 안 했다거나 무시하는 경우에는 차별했다는 비난에 휩싸이는 곤욕을 치를 수 있기 때문에 다들 좀비 퇴치 뇌파는 조심히 사용하는 편이에요.

뇌파가 어떤 종류냐고요?

고래 뇌파래요. 좀비들은 고래들이 주고받는 뇌파를 가까이에서 받게 되면 자신들이 고래라고 여기고 인간들이 자신을 공격한다고 생각해서 그 자리를 피한다고 해요. 심한 좀비들은 바닥에서 누워 고래처럼 헤엄치는 행동을 한대요. 처음 이 뇌파가 발명되었을 때 인권단체들은 좀비를 고래화한다고 항의했어요. 어떻게 인간(좀비가 되어 버렸지만)에게 동물의 뇌파를 사용해서 사회적 단절을 강요할 수 있느냐고. 인간이 저지르는 최악의 행동이라고 피켓을 들고 거리로 나와 난리가 났어요. 뉴스에 나온 인권단체 대표는 그런 행위는 결국 좀비가 된 인간들에게 경력 단절을 초래하는 거라고 했죠. 경력 단절된 좀비들을 위해서 치료제를 맞고 후유증을 겪는 동안 보상을 해주어야 하고, 그들이 다시 정상으로 돌아왔을 경우 복귀할 수 있도록 일자리에서도 할당제를 만들어야 한다는 대안을 제시해 엄청난 지지를 받았어요. 그 사람이 도로에서 고래처럼 헤엄을 치는 동영상이 일주일 후에 퍼지기 전까지는요. 사람 일은 참 모를 일이에요. 그분이 어서 다시 경력을 이어가길 바라요.

하지만 인권단체들은 결국 멸종 보호 동물단체들이 좀비를 멸종위기의 동물로 받아들이는 것을 고려해 보겠다고 하자 고래 뇌파를 사용하는 것을 받아들였어요. 생각해보면 이해가 되는 부분도 있어요. 언제라도 자신이 좀비가 될 수 있는데 그 즉시 멸종위기의 동물로 취급될 수는 없잖아요. 가족의 손등이나 발등을 살짝 할퀴었다고 송곳니를 모두 제거 당하는 것은 너무 슬프고 가혹한 것 같아요.

좀비가 되어도 일주일 안에 정상으로 돌아올 수 있어요. 치료제만 맞으면 이틀 안에 피부가 다시 살아나고 의식도 다시 선명해지거든요.

*

그녀가 변하기 시작했어요. 좀비가 된 거죠. 처음엔 자면서 제 어깨에 침을 흘리기에 많이 피곤한 줄만 알았어요. 그녀는 버스회사에서 사무직으로 일해요. 하루 종일 버스 배선을 관리하는데 최근에는 다른 일을 좀 해보고 싶다고 했어요. 고등학교를 졸업하고 7년 동안 같은 일만 해온 그녀로선 충분히 그럴 만하다고 생각했어요. 제가 그녀를 처음 만났을 때에도 그녀는 그 회사에 다니고 있었어요. 마지막 그녀는 버스가 회차를 마치고서야 퇴근을 했죠. 그녀는 늘 오렌지색 가발을 쓰고 다녀요. 사무실에선 생머리로 있다가 퇴근할 때 그 가발을 쓰죠. 그녀는 일 년에 한 번씩 가발을 바꾸곤 했어요. 그녀의 가방에는 늘 가발이 들어 있어요. 휴일에도 밖에 나갈 때는 오렌지색 가발을 쓰곤 했죠. 우리는 휴일이면 교외의 숲속에 있는 인공 양궁장에 함께 다녔어요. 그녀는 숲을 뛰어다니며 시뮬레이션으로 날아다니는 들짐승들에게 활 쏘는 것을 좋아했어요. 저는 어린 시절 교내 양궁 대표 선수로 활동한 적이 있어요. 그녀에게 활시위를 당기고 화살을 쏘는 법을 제가 처음 가르쳐 주었죠. 우리는 휴일에 양궁장에 가서 데이트를 하고 자동차로 드라이브를 하다가 돌아오곤 했어요. 그런데 그날은 아침부터 비가 와서 양궁장에 가는 것을 단념하고 함께 산책을 다녀왔어요. 그런데 집으로 돌아온 지 몇 시간 후, 그녀가 갑자기 침을 흘리기 시작했어요. 그러곤 침대에 살점과 피부 부스러기들을 조금씩 떨어뜨리더군요.

그녀와 저는 동거한 지 3년 차입니다. 정확히는 456일을 한 방에 살았고 나머지 기간은 각 방을 쓰는 사이였어요. 그녀는 3년 전 자신이 살던 집의 방 하나를 세 놓아두었어요. 친구가 지내던 방 하나를 내놓은 거라고 했죠. 제가 그 방을 보러 갔고 그렇게 저희는 같은 집에 머무르게 된 거예요.

"나 몸이 좀 이상한 것 같아."

"어떻게 이상한데?"

"알잖아. 이 침 좀 봐…"
그녀는 턱으로 흘러내리는 침을 손바닥으로 받으면서 말했어요.
"괜찮아. 치료제만 맞으면 괜찮을 거야."
"나 좀 무서워. 이상하게 변할까 봐."
"아무렇지 않을 거야.
치료제 맞고 이틀이면 다시 정상으로 돌아올 거고."
"곁에 있어 줄 거지?"
"응응. 걱정 마. 옆에 있을게."
"나 너무 못생기게 변하면… 그땐…"
"이상한 생각 하지 마. 절대."
그녀는 점점 무기력해졌습니다. 아침이 되어도 일어나질 못하고 열에 시달리며 침대에만 누워 있었어요. 그러다가 오후가 되면 의자에 앉아 하루 종일 손가락만 세고 있거나 이상한 말들을 중얼거리곤 했어요. 점점 목과 턱 부분이 늘어지더니 조금씩 부패하기 시작했어요. 눈동자도 갈색으로 변했고, 삼 일째 되던 날부터 그녀는 가끔 저를 알아보지 못했어요.

그녀가 좀비로 변해가고 있어요.

*

치료제를 구하는 것이 쉽지 않아졌다는 사실을 알게 된 건 그녀를 두고 보건소를 다녀온 후였어요. 지난달부터 급속도로 좀비화된 사람들이 많아지기 시작했고 정부는 치료제 공급에 어려움을 겪고 있다고 했죠. 사람들은 불안에 떨었어요.

"그럼 언제까지 기다려야 하죠?"

"현재로선 정확히 말씀드릴 수가 없어요.

대기번호 받고 기다리셔야 합니다."

도시 전체에 치료제 공급이 줄어들었고, 저는 며칠이 더 지나서야 치료제를 만들던 민간업체들이 치료제 생산을 전면 중단했다는 사실을 알게 되었어요. 지금까지 사용했던 치료제에 대한 부작용과 새로운 의학적인 소견들을 거쳐 시중에 남은 재고들을 거두어들이고 있고, 치료제 연구를 전면 다시 시작한다고 하더군요. 이전에 치료제를 맞고 정상으로 돌아온 사람들은 후유증에 대해 걱정하기 시작했어요. 좀비화가 막 진행되고 있는 이들은 혹시라도 일주일 안에 치료제를 맞지 못할까 봐 전전긍긍하기 시작했어요. 소문은 금방 퍼져나갔고 일주일이 지나도록 치료제를 맞지 못해서 사망하는 사람이 나왔다고 했어요.

"하늘을 향해 입을 벌리고 무언가를 중얼거린대."

"그러고는요?"

"알잖아. 픽 쓰러지는 거지. 그대로 끝이야."

"일주일이 지나면 정말 다 그렇게 되는 건가?"

"치료제를 구하지 못한다면."

"이제 좀비가 되면 일주일밖에 못 사는 세상이 올 수 있다는 거지."

*

그녀가 좀비가 된 지 4일째 되던 날 저는 제가 전역을 하기 전 군대에서 행정관으로 일했던 상사를 찾아가 조언을 구했어요. 재난에 가까운 상황에선 군대에서 오는 정보가 더 빠르다는 것을 저는 하사관으로 군대정보과에서 근무하던 시절 알게 되었거든요. 그 상사 역시 얼마 전에 전역을 하고 교외에서 고물상을 하면서 지냈어요. 저는 그녀를 집에 두고 그분을 만나기 위해 자동차를 몰고 도시를 빠져나갔죠. 쇼핑몰과 빌딩 숲 사이, 거리 곳곳에서 걷고 있는 좀비들이 보였어요. 공원에 돗자리를 깔아놓고 연인의 무릎을 베고 누워 한담을 나누는 좀비도 보였어요. 그들은 떠도는 소문들을 아직 듣지 못했는지 평화로워 보였죠. 도시 외곽으로 가니 그쪽에선 좀비들이 웅성웅성 모여 있는 것이 보였어요. 무언가 대화를 나누는 것 같기도 하고, 모여 있지만 각자 혼잣말을 중얼거리는 것 같았죠. 그들은 지나가는 나를 힐끗 쳐다보며 경계의 눈빛을 보였어요.

5킬로미터 정도 더 가다가 제약회사 빌딩 옥상 난간에 걸터앉은 한 할아버지가 낚싯대를 허공에 드리우고 낚시하는 것도 보았어요. 낚싯대 바늘 끝에는 아무것도 걸려 있지 않았어요. 그때 그 아래를 지나가는 제 차 보닛에 할아버지가 쓴 빨간 모자가 툭! 떨어졌어요. 저는 내려서 모자를 들고 할아버지가 있는 빌딩 꼭대기를 올려다보며 흔들어 주었죠.

차 보닛으로 할아버지의 피부가 툭툭 떨어지는 것으로 보아 그도 좀비화가 진행되고 있다는 것을 알았어요. 저는 바닥에 모자를 내려놓고 다시 시동을 걸었어요.

시내를 빠져나오기 직전엔 도로에서 히치하이킹을 하는 좀비 남자를 태워주었죠. 그는 반만 남은 엄지손가락을 세워 지나가는 차들에게 히치하이킹을 하고 있었죠.
어눌한 말투였지만 아직 정상이었어요. 친정에 있는 아내를 만나러 가는 길이라며 살점이 별로 안 남은 손가락을 들어 방향을 알려주었어요. 가는 길에 내려달라고 했어요. 그는 아내가 아이를 가졌다고 했어요.
"하... 루 남았어요... 그때까지 구하지 못. 못... 할까 봐.. 걱정.. 요"
"꼭 구할 수 있을 거예요."
차에서 내려준 그 좀비 남자는 뒤를 돌아 저를 한번 바라보더니 몇 걸음을 걷다가 갑자기 고통스럽게 사지를 뒤틀더니 하늘을 바라보며 입을 벌렸어요. 몇 분이 지나지 않아 그는 그대로 바닥에 쓰러져 버렸죠. 저는 바닥에 쓰러져 있는 그를 한참 바라보았어요. 그제야 그 남자가 저에게 아직 자신에게 하루가 남았다고 했던 말이 거짓이었다는 걸 알았죠. 치료제를 구하지 못해 사망한 사람을 제 눈앞에서 본 것은 그때가 처음이었어요.

해가 저물 무렵이 되어서야 저는 선임상사가 알려준 고물상에 도착했어요. 여기저기 폐차된 차량이며 철제와 공구들이 흩어져 있는 낡은 고물상이었어요. 상사는 도시에서 버린 고철 같은 것을 모아 다시 납품

하는 일을 한다고 했어요.

"네? 화장터요? 멀쩡한 사람들을요?"
"멀쩡하다고 볼 수는 없지. 하지만 자네 말대로
아직 사람들이긴 하지."
"치료제가 다시 나오겠죠. 도시에 좀비가 얼마나 많은데…"
"당분간 치료제를 구하는 것은 어려울 거야. 구한다고 하더라도
엄청 고가일 거고. 가격이 치솟고 있으니까. 곧 아노미 상태가 올 거고
군이 투입될 거라네. 부대에서 일하는 후배에게 들었어."
"군을 투입하다니요?"
"치료제를 구하지 못한 이들이 난리가 나겠지."
"좀비들이 쿠데타라도 일으킨다는 거예요?"
그는 숯을 모아 고물상 바깥에 모닥불을 피웠어요.
"마지막 날까지 치료제를 구하지 못한 좀비들은 군에서
데려간다고 하더군."
"어디로요? 설마 징말 화장더를 말하는 거예요?
"소멸돼야겠지."
"소멸이라니요?"
"다른 방법이 없을 거야. 태워야만 감염을 막을 테니까."
"말도 안 돼요. 어차피 공격성도 없잖아요?"
"자네가 모르는 게 있어."
"그게 무슨 소리예요? 치료제가 없으면 좀비들은 자연 소멸하잖아요."
"지금까지는 그랬지.

좀비 마라톤 159

하늘을 보며 입을 벌리고 있다가 푹 쓰러져 죽었으니까."

"이젠 아니라는 건가요?"

상사는 모닥불에 장작을 던져 넣으며 스테인리스잔에 덥힌 밀크티를 따라주며 말했어요.

"공격성이 생기고 있대. 어제 치료제를 맞지 못한 채 8일째 된 좀비가 소멸하지 않고 가족을 물어 죽였나 봐. 그러곤 15층 아파트에서 뛰어내렸대."

"소문일 뿐이에요. 그 말을 믿어요? 지난 몇 년간 좀비들은 공격성이 없었어요."

"아예 없는 것은 아니었어. 초기에 그런 좀비들을 격리했던 거지. 사람들이 무심했을 뿐 존재는 했어."

"그럼 상사님 말처럼 이제 치료제를 못 구한 좀비들이 인간을 공격한다?"

"정부는 대처를 해야겠지. 자네도 알잖아. RED CALL!"

"설마 인간들에게 RED CALL을 실시하겠어요?"

저는 답답해서 잠시 바깥으로 나왔어요. 뿌연 회색의 하늘에 구름들이 뭉쳐서 흘러 다니는 것이 보였어요.

레드콜(RED CALL)은 전시나 위급한 작전 시에 위험요소를 사전에 다 제거해 버리는 군사 작전명이었어요. 동물들이 AI에 걸리면 집단 폐사 조치하는 경우도 비슷한 사례죠. 일단 감염이 되면 구덩이를 파고 산 채로 닭이나 소들을 파묻어야만 감염 확산을 막을 수 있기 때문에 동물들에게 감염병이 돌면 군이 투입되어 실시하는 방역조치 중 하나죠. 사람들은 자신들의 돼지나 소들과 아무리 가족처럼 함께 살아왔어도 눈앞에서 생매장할 수밖에 없는 거죠.
"개들이 어떻게 지금처럼 사람들에게 친근해졌는지 알아? 인간을 공격했던 개체들은 모두 제거해 오면서 인간이 진화를 조정해 온 거야. 치료제를 구하지 못한 사람들이 화장터로 가야 하는 것처럼."
상사는 제 어깨를 두들기며 체념하듯이 저에게 권총을 하나 주었어요.
"베레타990이야. 챙겨 둬. 나도 하나 가지고 있어."

상사와 헤어지고 집으로 돌아오면서 저는 집에 혼자 두고온 레아가 걱정됐어요. 혹시라도 의식이 없는 상태에서 바깥을 나돌고 있지는 않은지 불안했거든요. 빌라에 도착하자마자 제일 먼저 문을 열고 그녀를 찾았어요.
그녀는 설거지를 하고 있었어요. 밥솥에서 흰 김이 모락모락 피어오르고 있었죠.
아무 일도 없다는 듯이 그녀는 말했어요.
"와... 와... 왔어? 비... 밤 이이... 라... 걱걱... 정정.. 해.. 어."
"응 늦어서 미안해. 밥 먹자."
저는 가만히 다가가 그녀를 뒤에서 안아주었어요. 그녀의 머리털에서 역한 냄새가 났어요. 싱크대 설거지대에 손가락 하나가 떨어져 있는 것이 보였어요. 그녀는 간신히 자신의 숨을 찾으려는 듯 호흡이 거칠었어요.

*

그녀가 잠이 든 지 5시간 정도 지났어요. 밤을 넘기면 좀비화가 진행된 지 5일째고요. 이불을 덮어 주면서 보니 오른쪽 팔에 남아 있는 살점이 별로 없었어요. 저는 뼈가 튀어나오기 직전인 앙상한 그녀의 어깨를 만져보았어요. 부드럽고 따뜻한 온기가 느껴졌어요. 아직 제가 알던 그녀의 살이 남아 있었어요. 저는 코를 대고 냄새를 맡아보았어요. 온몸에서 악취가 나기 시작했어요. 하지만 아직 제가 알던 그녀의 살 냄새가 남아 있었어요. 저는 그녀의 살 냄새를 아는 유일한 사람이거든요. 침대에 떨어진 그녀의 손톱과 발톱을 주우면서 눈물이 났어요. 그녀는 고통이 무엇인지도 모르는 사람처럼 잠깐 눈을 뜨고 저를 보고 살며시 미소를 지었어요.

티브이 뉴스를 보니 좀비들이 도시 곳곳에서 하늘을 바라보며 입을 벌리고 있다가 픽 쓰러졌어요. 방역복을 입은 사람들이 쓰러져 있는 시체들을 수습했어요. 사방에서 치료제를 구하지 못한 좀비들이 죽어나 갔죠. 채널을 돌리자 치료제 하나에 수억 원까지 밀거래가 되고 있다는 뉴스가 나왔어요.

저는 티브이를 끄고 잠들어 있는 그녀의 호흡을 살핀 후 창문을 바라보았어요. 낮에 상사를 만나러 가던 길에 자동차에서 올려본 빌딩 위에 있던 할아버지가 맞은편 아파트 옥상 난간에 서 있었어요. 분명 그 할아버지였어요. 제 차의 보닛에 떨어뜨렸던 빨간 모자를 쓰고 있었죠. 커튼을 닫으려고 하는데 그가 난간에서 허공으로 발걸음을 옮기는 것이 보였어요. 종이상자 하나가 떨어지듯이, 그는 툭 아파트 화단에 떨어졌어요. 저는 커튼을 닫고 책상에 앉았어요. 상사가 준 권총을 꺼내 가만히 만져 보았어요. 차갑고 딱딱한 질감이었죠.

그녀를 위해 이제 이틀 안에 치료제를 구해야 했습니다.

*

정부에서 보도하는 것과는 달리 좀비들에게 공격성이 생긴 건 아니었어요. 거리로 나와 사람을 해친다는 좀비는 하나도 발견되지 않았죠. 치료제를 구하지 못한 좀비들이 자해를 하거나 자살을 선택하는 경우는 종종 있었지요. 사람들은 그것이 오히려 살아남을 수 없다고 여기는 좀비들의 슬픔이며, 그들에게 남아 있는 인간성이라고 했어요. 하지만 대부분의 언론과 정부는 좀비들의 공격성이 대단히 심해지고 있다고 떠들었죠.

사람들은 금방 공포에 물들었고, 좀비들은 그런 사람들을 피해, 외부 활동을 멈추고 모두들 집에 숨어서 치료제를 기다렸어요. 도시에 그렇게 흔하게 보이던 좀비들은 거의 찾아볼 수 없게 되었죠. 그런데도 사람들은 좀비가 자신을 해치려 한다는 공포에 사로잡혀 오히려 좀비만 보면 공격성을 보이기 시작했고, 가만히 치료제를 기다리고 있는 좀비들까지 찾아가서 죽이는 사건들이 일어났어요. 극단적인 좀비사냥 단체도 생겨났죠. 아무렇지 않게 좀비들과 어울려 다니던 사람들이 이제 좀비들을 적으로 여기고 공격했고 사회는 혼란에 빠졌어요. 정부가 상황을 통제하지 못하자 공포에 사로잡힌 사람들이 걷잡을 수 없이 폭력적으로 변한 거예요. 혐오와 공포를 통제할 수 없는 사회가 시작되었죠.

사람들은 마을에 혼자 사는 좀비를 찾아가 총을 쥐여주었어요. 다음날 아침까지 스스로 생을 마감하라며 그의 여섯 살 된 아들을 데리고 가버렸죠. 그는 자신의 입에 총구를 넣기 전 방문 앞에 자신의 피로 글귀를 써놓았어요.

'나는 자살한 것이 아니라 누군가에 의해 자살당한 것이다.'

자신의 아빠가 자살한 모습을 본 아이는 아빠의 머리가 날아간 몸통을 끌어안고 울었어요. 사람들은 아무도 울지 않았어요. 아이의 아빠는 다음날 치료제를 맞기로 예약된 사람이었음에도 사람들은 그를 죽음으로 몰아세웠죠. 잠시 후 아이는 무심한 표정으로 마을사람들이 보는 앞에서 죽은 아빠의 손가락에 끼워진 총을 빼내어 총구를 자신의 입속에 집어넣고 방아쇠를 당겼어요. 미처 말릴 틈도 없이 고요함 속에서 이루어진 사건이었어요. 사람들의 얼굴에 아이의 살점과 피가 튀었죠. 사람들은 고개를 돌렸어요.

며칠 동안은 도시에 좀비 하나 보이지 않더군요. 그러다가 치료제를 구하지 못한 좀비들이 도시로 나와 피켓을 들고 시위를 시작했어요. 인권단체들이 앞장섰고 그들은 대통령이 사는 관저 앞까지 행진을 했어요. 군대는 장갑차를 몰고와서 물대포를 쏘아대며 좀비들을 외곽으로 내쫓아버리거나 강제로 연행했어요. 하지만 시위는 계속되었죠. 경찰이 시위를 막기 위해 데려온 사냥개들이 좀비들을 물어뜯는 사태가 터지고 나서야 정부는 국면을 전환하기 위해 노력했어요. 해외뉴스에선 사냥개들에게 물어뜯기며 괴로워하는 좀비들의 모습이 클로즈업되어 나왔죠. 살점이 떨어져나가고 좀비의 다리뼈를 물고 흔들어 끊어버리는 사냥개들의 턱과 침이 방송에 나왔고, 좀비를 가족으로 둔 사람들과 시민들이 성명을 발표하고 좀비구명운동을 시작했죠.
'도대체 치료제를 구하지 못한 좀비들이 무슨 죄인가!'
'좀비도 인간이다. 생존권을 보호해 달라.'
'우리는 치료제가 필요하다!'

좀비들의 생존권을 보장하라는 시위와 좀비들을 사냥하는 집단의 갈등으로 사회는 혼란에 빠졌어요. 치료제를 맞지 못한 채 일주일이 지난 좀비들은 스스로 구청이나 보건국에 신고해야 했어요. 그러면 다음날 군대에서 보낸 방역업체 직원들이 와서 좀비들을 데리고 어디론가 사라졌죠. 돌아온 사람은 없었어요.

치료를 위한 격리라고 보도되었지만 모두가 화장터로 가서 태워진다는 사실을 알고 있었어요. 하지만 아무도 입 밖에 그 말을 꺼내지 못했어요.

몇 달 후 새로운 치료제가 개발되어 사회가 어느 정도 다시 안정을 되찾는 듯 보였지만, 사람들의 마음속에는 불안감이 가득했죠. 치료제는 다시 구할 수는 있었지만 과거와 달리 너무 가격이 올라버렸거든요. 치료제 하나를 구매하기 위해서는 꽤 많은 돈이 필요했어요. 평범한 사람들에게도 부담되는 가격이었죠. 그러니 가난한 자들에겐 상상조차 할 수 없는 가격이었어요.

"비행기로 지구를 한 바퀴 도는 가격이요?"
"비행기 한 번을 못 타본 사람들도 있는데?"

다행히 돈이 있어서 치료제를 맞은 사람들은 정상으로 돌아왔지만 미감염자들은 그들에게 그저 살아 돌아온 좀비에 불과하다며 또 다른 차별을 시작했어요. 할 수 있는 것은 거리를 지나다가 치료제를 맞고 돌아온 사람이 보이면 옆에 침을 뱉는 것뿐이었지만.

식료품을 사기 위해 줄을 서서 기다리다가 사람들이 수군거리는 소리를 들었어요.

"사람으로 돌아와도 언제 굶어죽을지 모르는 거지로 돌아오는 거지."
"치료제가 너무 비싸서 가족 중 하나가 좀비가 되면 버릴 수밖에 없어."
"생계를 부양하던 사람이 좀비가 되면 남은 가족들은 생계가 막막해져서 집단 자살을 선택하는 경우도 있다더군."
"저는 부모님이 모두 화장터로 끌려가셨어요. 그날 아침 저는 두 분에게 마지막 인사도 제대로 하지 못했어요. 뼛가루 한줌 보내주질 않으니 장례조차 치르지 못하고 있습니다."

저는 품에 식료품을 안고 조용히 그들을 지나왔어요. 하루아침에 부모가 좀비로 변해 끌려간 후 고아가 된 아이들이 무료 배급소 앞에서 줄을 서 기다리는 것이 보였어요. 배식 줄 끝엔 어디서 왔는지 식판을 들고 서 있는 좀비도 보였어요.

*

저는 그날 밤, 커튼을 열고 창틈으로 거리에서 한 소녀가 좀비가 되었 다가 치료제를 맞고 정상으로 돌아온 아버지를 끌어안고 울고 있는 걸 보았어요. 두 사람은 서로 끌어안고 울었어요. 그때 다리를 저는 좀비 하나가 소녀의 아버지 뒤를 따라오는 것이 보였어요. 아이의 아버지 는 놀라서 자신의 딸을 자신의 등 뒤로 숨겼어요. 그리고 잠시 후 자신 의 딸 또래의 남자아이가 걸어오던 그 좀비를 막아서는 걸 보았죠. 남자 아이는 자신의 아버지를 끌어안아 막은 것이었어요.

*

좀비의 확산으로 도시에선 공장이 멈추었고 생산력은 형편없이 바닥 으로 떨어졌어요. 생필품도 바닥나기 시작했죠. 생계가 곤란해진 사람들을 위해 정부에서 몇몇 장소에 하루에 두 번 배급품과 식료품을 무료로 나누어 주기는 했지만 물량이 모자라 다들 힘들어 했어요. 수녀님들과 신부님들이 봉사하면서 버려진 아이들을 데려가기도 했지만 고아가 된 아이들이 도시로 나와 좀비처럼 걸어 다니기 시작했죠. 입을 벌리고 걸어 다니는 좀비들보다 입을 벌리고 걸어 다니는 아이들이 더 좀비처럼 보였죠. 신부님이 다가가서 하늘을 보며 무언가를 중얼거리다가 픽 쓰러져 버리는 좀비들을 가만히 보고 있는 아이들의 눈을 손으로 가려주곤 했어요. 그러곤 몇 미터 앞에서 다시 픽 쓰러지는 아이를 안아 교회로 데리고 갔죠.

가게나 식료품점을 습격해서 터는 것은 오히려 인간들이었고 좀비들은 도시를 서성거릴 뿐이었어요. 그런데도 방역복을 입은 군인들은 트럭 위에 앉아 식판에 배식된 밥을 먹으면서 식료품점을 터는 도둑들을 멍하니 바라보기만 했어요. 도시에 막사를 차린 군인들은 밥을 먹고 나면 퇴식구에 가서 식판을 버리고, 거리에 있는 좀비들을 트럭에 태워 사라졌어요. 도시를 서성거리는 좀비들은 모두 치료제를 구하지 못해 죽음을 앞둔 좀비들이었거든요. 도시에 나가면 이제 치료제를 구하지 못한 채 하늘을 보고 쓰러지는 좀비들을 쓰레기처럼 수거해 가는 트럭들과 치료제를 구하지 못해 도시를 떠돌아다니는 좀비들을 연행해 가는 군인들뿐이었어요. 방역업체 직원들에게 가족을 빼앗긴 가난한 사람들은 주저앉아 하늘을 보고 울었어요. 치료제가 돈이 있는 자들에게만 주어지는 특권이 되어 버린 것이죠.

저는 그녀를 옷장에 숨겼습니다.

*

정부에서 파견된 군은 교외에 거대한 화장터를 만들었고 그곳에는 하루에도 수십 번씩 트럭들이 도착해와 죽은 좀비들을 쏟아내고 돌아갔어요. 똥처럼 말이에요. 트럭이 쏟아낸 죽은 좀비들과 치료제를 맞지 못해 보건국 직원들에게 붙들려온 좀비들은 모두 하얀 재가 되어갔죠. 아이들은 저녁마다 도시 반대편에서 하늘로 날아가는 하얀 연기들을 손가락으로 가리키며 아름답다고 말했죠. 그것이 무엇인지 몰랐어요. 아무도 아이들에게 저 연기가 사람이 하늘로 날아가는 것이라고 말해줄 수 없었어요.

그녀가 좀비가 된 지 8일째 되던 날 아침, 저는 서랍에 감추어 두었던 군대 선임상사가 준 권총을 꺼냈어요. 저는 그녀를 보건당국에게 뺏겨 화장터로 보내느니 제 옆에서 하늘나라로 보내는 편이 나을 거라고 생각했어요. 하지만 저는 결국 방아쇠를 당기지 못했어요. 그녀가 다 빠진 머리에 자신의 오렌지색 가발을 쓰고 창가에 앉아 있었거든요.
햇살이 그녀의 옅은 피부에 내려앉아 머물지 못하고 그대로 흘러내렸어요. 그녀는 예전의 모습을 거의 알아볼 수 없을 정도로 흉측해졌어요.

손가락은 열 개 중 한 쪽에 세 개씩만 남아 있어요. 발톱은 다 빠졌고 등뼈가 휘어 툭 튀어나왔어요. 이제 그녀는 저를 알아보지 못해요. 자신이 누구였는지도. 휴일이면 그녀가 좋아하던 아이스크림을 사먹고 산책하던 시간들도. 저와 함께 456일을 한 방에 살던 시절들까지 모두. 우리가 함께 찍은 사진 앞에 그냥 멍하게 서 있을 뿐이죠. 하지만 눈동자만큼은 아직 그녀의 모습 그대로예요. 예전의 눈빛은 사라졌지만 눈동자는 그곳에 그대로 남아 있어요. 기억은 그녀에게 어떤 것으로 남아 있을까요?

"투썸 플레이스는 초코슈가 맛있어. 빈 브라더스는 모카초코와 스콘이 최고지. 기억해? 넌 요거 프레소에서 나온 메리딸기쥬스를 좋아했어. 큰 마트에 들렀다 갈 땐 꼭 폴바셋의 소프트 아이스크림을 사 먹었어. 스타벅스에 가면 바닐라 더블샷만 먹었지. 커피빈에선 생크림 카스테라만 먹었고, 꼭 스팀우유랑 함께. 그것도 기억나? 넌 파파존스에선 꼭 슈퍼 파파스 피자만 시켰잖아. 내가 좋아하던 스타벅스 현미수프 그것도 기억해?"

저는 보건당국에 신고하지 않았어요. 하지만 그녀는 3주가 넘는 동안 살아남았어요. 저는 그녀가 살아남은 이유를 알지 못해요. 그리고 저는 아무것도 바꾸지 않았어요. 침대 위치도 그녀의 칫솔이나 가발들도. 우리가 함께 쓰던 살림을 모두 그대로 두고 생활했어요. 이따금 보건당국이 집에 와서 실종으로 처리된 그녀의 존재와 위치에 대해 이것저것 조사해 갔지만, 저는 그때마다 그녀를 옷장에 숨겼어요. 저는 휴직을 했고 퇴직금을 가지고 생필품을 샀고 보건당국의 감시를 피해 그녀와 생활

했어요. 그녀는 이전 것들은 입에 대지 않았어요. 아무것도 먹지 않았고 물을 주면 뱉어버리곤 했죠. 그녀가 유일하게 먹는 것은 고기수프였어요. 그래서 저는 엄청난 양의 고기수프를 사 놓았죠. 저는 그녀에게 제가 느끼는 것을 말해주었어요. 하나부터 열까지 모두요.
어쩌면 하나부터 열까지 모두 혼잣말이었는지도 몰라요. 듣고 있는지 느끼고 있는지도 모르니까. 하지만 상관없어요. 이따금 저를 알아보는 것 같은 눈빛이 저를 계속 이렇게 이끄는 것 같아요. 저는 그녀가 좀비이건 아니건 상관없어요. 있는 그대로의 그녀를 받아들이기로 했으니까요.

하루에 한 번 저는 그녀를 욕실로 데려가 씻겨주었어요. 피부가 더 이상 떨어져 나가지 않도록 조심스럽게 그녀의 살을 물로 씻어 주었죠. 그녀는 아이처럼 씻는 것을 싫어했지만 악취로 인해 그녀의 존재를 방역 직원들에게 들킬 수 있기 때문에 씻어야 해요. 따뜻한 물을 머리부터 부어주면 그녀는 가끔 웃는 듯한 묘한 표정을 지어요. 그녀는 제게 아직도 사랑스러워요. 반드시 그녀를 지킬 겁니다.

*

"실종된 지 얼마나 되었죠?"
"한 달 정도 되어갑니다."

"어디에서 잃어버리셨다고 하셨죠?"

"공원입니다."

"좀비화가 된 지 3일째에?"

"네. 그렇습니다."

"실종된 좀비들 명단을 모두 찾아봤는데 도시 어디에서도 발견되지 않았습니다. 3주가 지났는데도 사체가 아, 죄송합니다. 시체가 어디에도 없다는 게 너무 이상해서요. 분명 어딘가에 쓰러져 있어야 하는데…"

"저도 흔적이라도 찾고 싶습니다."

"네. 그 맘 이해합니다. 저희가 우려하는 것은 시신이 감염이 되어 어딘가에 버려졌다면 그게 더 위험할 수 있어서요."

"찾으면 꼭 연락주세요. 이만 가보겠습니다."

"네. 연락드릴게요."

제가 의자에서 일어나 나가려는데 그가 저를 다시 불러 세웠습니다.

"저기! 잠깐만요? 이리 와 보세요."

"네??…"

그는 제가 입은 옷에 붙은 오렌지색 털 뭉치를 주워 올리며 말했습니다.

"이게 뭔가요?"

"레아의 가발에서 나온 털입니다. 유품을 정리하다가…"

저는 그가 오렌지색 털 뭉치 옆에 붙은 그녀의 손톱조각을 본 것을 눈치 챘어요. 보건당국을 나오자마자 저는 자동차를 타고 집으로 달려왔습니다.

*

그녀를 데리고 이곳을 빠져나가야 했어요. 금방이라도 보건당국이 보낸 군인들이 쳐들어 올 것이 뻔했기 때문이에요. 저는 가방에 대충 짐을 싸고 그녀를 찾았어요. 그녀는 옷장에 없었어요. 그녀가 보이지 않았어요. 침대 밑에도 욕실에도 없었어요.
사라져 버린 거예요. 저는 바깥으로 뛰쳐나가 보았어요. 뒤뜰에도 없고 주위를 둘러보아도 보이지 않았어요. 저는 차에 치이기 직전의 사슴과 같은 심정이었습니다. 집으로 돌아와 저는 다시 꼼꼼히 짐을 챙겼어요. 어떻게든 그녀를 찾아서 이 도시를 빠져나갈 계획이었어요. 하지만 그 전에 그녀를 찾아야 합니다. 군인들에게 발각되기라도 한다면 그녀는 화장터로 가게 될 거예요.
군인들이 무장을 한 채 집 근처로 오고 있었어요. 저는 급히 몸을 숨겼다가 뒤편으로 빠져나왔어요.

*

밤이 되어 저는 시내 입구로 가는 언덕에 차를 세우고 조심스럽게 시동을 끈 다음 미끄러지듯이 도심으로 내려갔어요. 사람들이 거의 사라진 도시는 황폐하고 스산했어요. 이따금 공원에서 드럼통에 모닥불을 피워 그릴 위에 고기를 굽는 난민들이 보였고, 빈 공원을 툭툭 튀어다니는 캥거루만 보였어요. 공원 한쪽에선 식료품점 앞에서 보았던 신부가 풀밭 위에 작은 십자가를 꽂고 성호를 긋는 것이 보였어요. 라디오에서 군인들은 밤이 되면 퇴각하고 아침이 되면 다시 활동한다는 소식을 들었어요. 좀비들은 공격성이 하나도 없는데 밤에는 더욱 사나워지고 공격성이 생긴다는 명분을 주기 위해서예요. 저는 밤 시간에 그녀를 찾아 떠날 계획이었어요. 이 시간에 도시를 돌아다닐 좀비들은 치료제를 구하지 못한 채 집에서 쫓겨난 좀비들이거나 내일이면 하늘을 보고 입을 벌리며 다 쓰러질 좀비들일 거예요. 예전엔 치료제를 예약한 좀비들이 아무렇지 않게 활동을 했지만 이제는 죽을 때가 된 좀비들만 도시를 서성거려요.

이따금 컹컹! 개 짖는 소리가 들렸어요. 여섯 살 정도로 보이는 아기 좀비를 등에 업고 뛰어가는 사내가 보였어요. 그도 바이러스에 감염된 듯 얼굴이 뒤틀려 있었어요. 사나운 개 한 마리가 그들을 뒤쫓았어요. 골목으로 쫓겨 온 그 좀비 부자를 모퉁이 길목에서 다시 만났어요. 아무도 없는 고요한 밤의 도시였죠. 저는 그 사나운 개가 아버지의 발목을 물어뜯어 짓이겨 버리는 것을 보았어요. 다리 한쪽은 살집에 힘이 없어 그대로 부서지듯이 무너져 내렸어요. 아버지는 한쪽 발이 주저앉은 채로 아이를 등에 업은 채 계속 앞으로 걷고 있었어요. 그에게 앞은 어떤 곳인지, 저는 그의 눈동자가 어디를 향하는지도 모른 채 그저 앞으로 가려는 가냘픈 몸짓을 보았어요. 그때, 탕! 어디선가 총소리가 났습니다. 개가 옆구리에 피를 흘리며 쓰러졌어요. 고물상에 있던 군대 선임상사가 죽은 개를 들어서 구석으로 치우는 것이 보였습니다.

"어서 도시에서 나가. 여긴 위험해."

총소리를 들은 것인지 백여 미터 뒤에서 사냥개 무리들이 침을 흘리며 뛰어오는 것이 보였어요. 총을 쥐고 있는 상사의 한쪽 팔에 부패가 시작되었습니다.

"난 여기 남을 거야. 어차피 우리에게 올 치료제는 없어."

상사는 아이를 등에 업은 좀비사내를 자신의 등 뒤로 숨긴 채 등에 멘 레밍턴 사냥총을 앞으로 돌려 다시 장전하며 결연하게 사냥개들을 맞이했어요. 저는 어리둥절한 채로 그 자리에 서 있었습니다. 그는 내게 마지막 말을 남기고 등을 돌려 사냥개들을 향해 총을 쏘기 시작했습니다.

"그녀를 꼭 찾게."

*

상사를 혼자 남겨 두고 그 자리를 피해 머릿속이 하얗게 빈 채로 저는 몇 시간째 도시를 헤맸습니다. 쓰레기통도 뒤져보고 빈 건물에 들어가 봤지만 어디에도 그녀는 보이지 않았어요. 저는 자정이 지나서야 포기하고 자동차로 돌아왔어요.

좀비 마라톤　175

*

아무래도 내일 날이 밝을 때 다시 찾아보아야 할 것 같았어요. 그때까지 무사해야 할 텐데. 어디선가 저를 찾고 있거나 기다리고 있을 그녀를 생각하니 마음이 무너져 내릴 듯이 슬펐어요. 그때 콘솔 박스 안에 있던 서류 하나를 발견했어요. 예전에 저희를 찾아온 보험회사 직원이 판매한 좀비보험 계약서였어요. 저는 그에게 전화를 걸었습니다. 한참 동안 신호음이 가고 그가 아닌 한 여자분의 목소리가 들려왔습니다.

"저… 고상만 씨 번호 아닌가요?"

"네. 맞습니다."

그녀의 목소리는 차분하고 나지막했습니다.

"죄송한데 저는 고객 중 하나인데요.

고상만 씨와 잠시 통화 할 수 있을까 해서요."

"그분은 어제 돌아가셨어요."

"네? 돌아가셨다고요?"

"감염되셨거든요. 어제부로 하느님 품으로 가셨습니다."

"아, 네… 죄송해요. 한 가지만 여쭈어 볼게요. 그분께서 저에게 좀비 보험이라는 상품을 권해 예전에 가입했거든요. 혹시 그것에 대해 아시는 것이 있으세요?"

"잠시만요."

잠시 후 그녀는 다시 말을 이었습니다.

"주소를 알려드릴게요. 콜테스 거리 126번지를 찾아가 보세요. 더 이상은 모르고 남편이 남긴 좀비 보험이라는 메모에 적혀 있는 걸 알려드린 거예요."

"네. 감사합니다."

*

"자네도 가만두지 않을 거야."

"알고 있어요. 몇 달째 좀비와 살고 있었으니까요."

"그들은 혈안이 되어 있을걸. 예상치 못한 일이 벌어지고 있으니까."

제가 차를 돌려 도시를 빠져나가려 할 때 군인들이 저를 찾기 위해 도시로 들어왔어요. 저는 차를 버리고 달아나기 시작했어요. 막다른 골목까지 쫓기고 있을 때 공원에서 보았던 그 신부님이 저를 구해주셨어요. 자신의 차 트렁크에 저를 태우고 교회로 데려오셨죠.

"따라오게."

신부는 예배당 뒤쪽으로 저를 부르셨어요. 그곳엔 흰 천으로 덮여 있는 관들이 보였어요. 대충 보아도 열 개 정도는 되어 보이는 관이었어요. 신부님은 관뚜껑 하나를 열어 보여주셨어요. 그 안엔 좀비가 되어 죽은 사람이 팔을 가슴에 모은 채 누워 있었어요.

"이게 다 뭐죠?"

"화장터로 가기 싫은 사람들이 내게 온 거야."

"그들을 숨겨 주신 건가요?"

"하나님의 품으로 보내는 거지. 밤이 되면 공원으로 가서 하루에 한 구씩 내가 묻어주고 있네."

"들키면 군인들이 가만두지 않을 거예요."

"난 내 할 일을 하는 것뿐이야."

"오렌지색 가발을 쓴 여자도 저기 있나요?"

"아니. 하지만 찾을 수 있을 거야. 실종된 사람들이 모여 있는 곳이 있어."

"그녀 말고도 살아남은 좀비가 있다는 거예요?"

"꽤 많은 이들이 살아남았어."

"그런데 저들은 왜 그들을 화장터로 데려가죠?"

"좀비들이 언제까지 살아남을지 모르고, 언제라도 감염이 될 수 있다고 느낄 테니까. 그들로선 예측이 안 되는 거지. 정부는 그냥 치료제를 구하지 못하면 제거하려는 거야."

"도대체 왜 이렇게까지 하는 건지 모르겠어요."

"통제가 안 되면 불안하니까."

신부는 커튼을 열어 공원 근처를 수색하는 군인들을 바라보았어요. 군인들이 쓰러져 있는 좀비들을 수거해서 트럭에 싣고 있는 것을 바라보았어요.

"지금 당장 그녀를 찾아야 해요. 저를 기다리고 있어요."

"살아 있다면 교외에 좀비 미아들이 있는 곳에 있을 거야. 내일 아침 움직이세."

신부가 예배당으로 돌아가고 난 후 저는 관뚜껑을 하나씩 열어보았어요. 그러다가 저에게 좀비 보험을 권하던 직원분의 얼굴을 발견했죠. 그는 가지런히 손을 모은 채 입술을 꼭 다물고 있었습니다.

*

'콜테스 거리 126번지'

보험회사 직원이 남긴 주소는 신부님이 데리고 간 미아보건소 위치와 같은 곳이었어요. 그 보험회사 직원이 어떤 연유로 그 주소를 보험을 가입한 고객에게 남긴 것인지는 알 수가 없었지만 신부님의 말에 의하면 그는 좀비가 되어 자신을 찾아와 죽기 전까지 신에게 기도하다가 숨을 거두었다고 해요. 저희는 교외를 지나 산속 깊은 곳으로 움직였어요. 신부님은 자동차 안에서 그에 대해 이야기를 해주었어요.

"그분은 사람들이 곧 좀비가 될 거라고 확신했어요."

"알고 있네. 내게 와서도 똑같은 말을 하곤 했으니까. 나 역시 믿지 않았지."

"보험에 가입하면 좀비가 될 경우 치료제도 구해 준다고 했죠."

"어떻게 그걸 미리 알아냈는지는 나도 의문이야. 그걸 인간들에게 미리 믿게 하는 건 실패했지만 말이야."

"치료제에 대해서 뭔가 미리 알았던 것 같아요. 그러니까 좀비가 되어도 크게 걱정할 필요가 없다고 생각한 거죠. 그는 그걸 알고 있었던 게 분명해요."
"좀비들이 아직까지 우리를 해친 적은 없어. 그들은 환자에 불과해. 그런데도 사람들이 그들을 혐오하기 시작한 거지."
"치료제 공급이 끊기기 전까지는 우린 좀비들과 잘 섞여 살았어요."
"그랬지. 그들은 우리와 조금 다를 뿐이었어. 지금도 그렇지만"
"모든 것이 변해 버렸어요."
"아니 아무것도 변하지 않았어.
사람들의 마음이 부패하기 시작한 거야."
저는 주머니에서 군대 선임상사에게 받은 총을 꺼내 점검하며 물었어요.
"그가 남긴 다른 메시지는 없었나요?"
"이 미아보건소가 그가 좀비가 되기 직전까지 준비하고 일했던 곳일세."

우리는 숲으로 들어가는 입구에 차를 세웠어요. 신부님은 이 미아보건소에서 거리를 헤매거나 집에서 쫓겨난 좀비들을 데려와서 보호해 주고 있다고 했어요. 그 일을 보험회사 직원이 지도자가 되어 진행한다고 했죠. 숲속에 은신처를 둔 미아보건소는 외부인이 찾기 어려운 위치에 있었어요. 몇 킬로미터나 이어지는 가시덤불 숲을 지나 가시넝쿨처럼 생긴 큰 철문을 열고 들어간 그곳은 터널처럼 생긴 통로를 통해 이어져 있었어요. 그리고 그 끝엔 수도원처럼 보이는 한 개의 건물과 몇 개의 막사가 있었습니다. 수도원은 작은 교회 예배당처럼 생긴 곳이었고 막사는 최근에 지은 것처럼 보였어요. 수백 년 전 전쟁 중에 지어진 수도원이고 극소수만이 존재를 아는 공간이라고 했죠. 수도원 뒤로는 넓은 들판과

숲으로 이어진 참나무 숲이 보였어요. 미아가 된 좀비들은 이곳에서 봉사활동을 하는 사람들과 평온하게 함께 살고 있다고 했어요.

"여기 있는 이들은 모두 죽지 않고 살아남은 좀비들이야. 의식은 모두 사라졌지만 아주 순하고 착한 사람들이지. 햇볕만 강하게 쬐지 않으면 더 이상 신체의 부패도 일어나지 않은 채 잘 살아갈 수 있어."

"몸이 더 이상 썩지 않는다고요?"

"부패를 막는 치료를 하는 거지. 육고기나 인간의 음식을 먹으면 썩게 돼. 그건 인간도 마찬가지야. 노화라는 게 비슷해. 우린 조금 천천히 썩어 가는 거고."

"공격성은 없나요?"

"전혀 없어. 치료제를 찾을 때까지 여기서 살면 돼. 치료제를 맞는다면 그들이 정상으로 돌아올 수도 있겠지만 지금도 잘 살고 있어. 한 이백여 명 되네."

하나둘씩 좀비가 참나무 숲 쪽에서 이쪽으로 흐느적거리며 천천히 뛰어오는 것이 보였어요. 나는 그들 가까이 뛰어가서 그들을 하나하나 살피기 시작했어요. 그들은 제가 누구인지는 관심이 없어 보였어요. 그리고 수도원 앞에 줄을 서기 시작했어요. 마치 익숙하다는 듯이 늘어서서 침을 흘리고 무언가를 기다리는 것 같았어요. 그 사람들 사이에선 그녀를 찾을 수 없었어요. 저는 마음이 무너져 내렸습니다. 이곳에 없다면 그녀는 어디에 있는 걸까요? 저는 다리에 힘이 빠져 무릎을 꿇은 채 멍하니 있었습니다.

"그녀는 여기 있어. 이리 오게. 식사 시간이네."

바퀴가 달린 커다란 솥이 나왔고 봉사원들이 국자를 들고 좀비들의 입에 죽처럼 생긴 것을 순서대로 부어주고 있었죠.

"좋은 양송이버섯으로 고기 맛을 낸 수프야. 저들은 저것만 먹는다네."

*

그녀를 다시 만난 것은 그날 밤이었어요. 좀비들 중에는 참나무숲으로 가서 저녁이 되어서야 돌아오는 이들이 있는데 그녀도 그중 하나였죠. 그녀는 많이 야위어 보였어요. 그녀는 저를 알아보지 못했죠. 저는 그녀에게 집에서 나올 때 가져온 가발을 씌워 주었어요. 좀비들과 함께 잘 수는 없어서 저는 그녀와 시간을 보내다가 숙소로 보내주었죠. 그녀는 늦은 저녁밥을 먹고 다시 숲속으로 걸어갔어요. 저는 그녀가 걷는 길을 따라 뒤에서 걸었어요. 그녀가 갑자기 뛰기 시작했어요.
어둠 속에서 한참 앞서가다가 그녀가 문득 등을 돌려 나를 바라보았어요. 그러곤 조금 뛰다가 또다시, 조금 뛰다가 또다시, 저는 그것이 그녀가 나를 기억해 내려는 몸부림 같아서 눈물이 핑 돌았어요.

"미안해. 늦게 와서… 집에 가자. 내가 꼭 집에 다시 데려갈게."

좀비들을 재우고 난 후 신부님은 숲속 끝에 있는 호수로 저를 데리고 갔어요. 달빛이 물에 고인 채 물결이 잔잔한 아름다운 호수였어요. 이따금 물고기 한 마리가 입질을 하는지 물 바깥으로 툭! 뛰어 올랐다가 사라지곤 했어요. 평온하고 시간이 멈춘 듯한 호수였어요.

"아직도 도시에는 버려진 좀비들이 많아. 그들을 이곳으로 데려올 사람은 턱없이 부족하고 자네가 도와준다면 우리에겐 아주 큰 힘이 될 거야."
"영원히 이곳에서 살아갈 수는 없어요."
"알고 있네... 하지만 살아남은 게 죄는 아니잖아... 지금은 방법이 없어."
"저도 고기수프만 주시는 건 아니죠?
미아가 된 좀비를 데려오려면 전 힘이 필요한데..."
"두 그릇씩 먹어."

*

저는 낮에는 좀비미아 보건소에서 좀비들을 돌보고 밤에는 신부님과 몇몇 젊은 친구들과 도심으로 나가 떠돌고 있는 미아 좀비들을 데려오는 일을 시작했어요. 숙소에서 참나무 가지로 활을 만들고 화살도 만들었어요. 위험이 닥쳤을 때 총을 사용하는 것은 소리 때문에 너무 위험했기 때문이에요. 보건당국 직원들과 군인들의 감시를 피해 하루에 한두 명씩 수도원에 데려오는 것이 저희 임무였어요. 군인들은 거리에 쓰러져 죽은 좀비들을 트럭에 싣고 가거나 치료제를 구하지 못한 좀비들을 집에서 끌고나와 트럭에 실어 화장터로 데리고 갔죠. 누군가는 저처럼 집에 좀비가 된 식구를 숨겼다가 발각되어 빼앗기기도 했고, 좀비가 되자마자 가족에게 피해를 주기 싫어 집을 나가 도심을 배회하는 좀비들도 많았죠. 정부는 여전히 공격성이 전혀 없는 좀비들을 사납고 무서운 존재들이라고, 치료제를 구하지 못할 경우 치료 때까지 격리 처리를 해야 한다고 떠들곤 했죠. 무엇보다도 미아 좀비들을 데려오는 데 가장 큰 위험은 밤에 좀비들을 사냥하러 다니는 무리들이었어요. 좀비를 혐오하는 단체들이 생겨서 사냥집단이 만들어졌거든요. 그들은 군인들이 사라진 밤을 틈타 도끼나 칼로 배회하는 좀비들을 무자비하게 사냥하고 도륙했어요. 신부님 말에 의하면 그들 대부분은 치료제를 구하지 못해 가족을 화장터로 보낼 수밖에 없던 자들이라고 해요.

"왜 치료제를 구할 수 있었던 부유한 자들을 공격하지 않고 자신들보다 약한 좀비를 사냥하는 건가요?"
"혐오는 쉽고 가까운 대상이 필요할 뿐이야. 인간에게만 있는 감정이지. 짐승들은 자신보다 강한 자에게 약하지만 혐오를 느끼지는 않아. 하지만 인간은 강한 자에게 혐오를 느끼고 약한 자에게는 더욱 더 혐오를 느껴. 잔인함은 인간의 감정 중 가장 자연과 다른 감정이야."

어느 날 밤 우리는 공원에서 죽은 좀비 몇을 묻어주다가 그녀를 타고 있는 쌍둥이 좀비 자매를 발견했어요. 둘 다 얼굴에 긁힌 자국과 상처가 있었어요. 그들은 서로를 알아보지 못하는 것으로 보아 좀비화가 진행된 지 일주일이 훨씬 지난 것처럼 보였어요.

"왜 여기에 있니? 우리랑 갈까?"

신부님은 아이들의 그네를 밀어주며 따뜻하게 말을 건넸어요. 그들은 평온한 모습으로 그네를 타며 마치 미소 짓는 것처럼 보였어요. 어떻게 그들이 아직 군인들에게 발각되지 않은 채 여기 남아있는지 의문이었어요. 그때 좀비 사냥꾼들이 우리를 발견하고 멀리서 도끼를 들고 다가왔어요. 손에는 좀비 머리통이 가득 담긴 주머니를 들고 있었죠. 저는 화살을 쏘아 그들을 쓰러뜨리고 쌍둥이 소녀 좀비를 데려왔어요. 좀비 사냥꾼들이 숲속 직전까지 우리를 추격해왔기 때문에 은신처가 들통날까 봐 우리는 도중에 차를 버리고 반대편 숲으로 뛰어서 움직였어요. 그리고 거기서 우리는 커다란 구덩이를 하나 발견했어요. 엄청난 악취와 벌레들이 들끓고 있는 구덩이였어요. 그곳엔 군복을 입은 채 죽어서 버려진 좀비들이 무더기로 엉켜 있었어요. 누가 좀비가 된 군인들을 이곳에 갖다 버렸을까요? 우리는 좀비 사냥꾼을 겨우 따돌리고 수도원 근처까지 돌아서 왔어요. 군인들을 보고 놀란 쌍둥이 좀비 하나가 그때 손목을 잡고 있던 신부님의 손목을 깨물었어요. 우리는 곧바로 알아차렸죠. 이 쌍둥이 자매들에겐 공격성이 있다는 것을요. 쌍둥이 좀비소녀들은 서로를 바라보며 으르렁거리더니 갑자기 우리들에게도 사납게 굴기 시작했어요.

"신부님 어떡할까요?"

"숙소로 데려갈 수는 없네. 모두를 공격할 거야. 그러면 모두 감염될지도 몰라."

"그럼 어떡해요?"

저는 활을 꺼내 그들을 겨누었어요.

"어쩔 수 없어."

"두고 가라구요? 저들에게 도륙당할 텐데요."

"데리고 갈 수도 없어. 보내주게."

"죽이라구요?"

"하느님의 품으로 보내세."

저는 활시위를 차마 당길 수가 없었어요. 그때 멀리서 좀비 사냥꾼들이 우리를 찾는 소리가 다시 들려왔어요.

"어서 해! 뭐해!"

저는 쌍둥이 소녀 중 한 명의 심장을 향해 활시위를 당겼어요. 화살이 박힌 소녀가 퍽 쓰러졌어요. 그리고 나머지 한 발도 다른 소녀의 심장에 꽂혔어요. 신부님은 죽은 군인들이 있는 구덩이에 두 소녀를 던져 넣고 성냥불을 붙였어요.

*

"좀비들을 마라톤 대회에 내보낸다고요?"

"응. 그래야만 해"

"저들에게 물어보았어요? 오래 뛰는 게 얼마나 힘든 일인데…"

"물어보진 않았지. 그래도 해야 해."

신부님은 막사에 앉아 자신의 팔을 치료하면서 좀비 마라톤 대회 이야기를 꺼냈어요.

"매년 열리는 좀비 마라톤 대회가 있는데 이번엔 우승자에게 특별히 최고급의 치료제 샘플을 준다는 거야. 치료제 광고를 하려는 거지. 우리는 그 치료제 샘플을 꼭 손에 넣어야 하네. 복제해서 모두를 정상으로 돌려내야 해"

"마라톤에 출전할 수 있는 건 치료제를 맞은 좀비들이에요."

"맞아. 그래서 작전이 필요한 거지."

"말도 안 돼요. 의식도 없는 좀비들을 데리고 어떻게 마라톤에 나가요."

"우리는 어차피 말이 안 되는 세상에서 말이 안 되는 행동을 하면서 살고 있어. 저들과 함께 살고 있는 것이 말이 돼 보여?"

"도시에 버려진 미아들을 데려오는 것도 쉽지 않아요."

"언제까지 그것만 할 수는 없어. 결국 우리도 발각될 거고 그럼 다 도루묵이 될 테고."

"방법이 있나요?"

"한 사람을 골라 훈련시켜야지."

"좀비에게 마라톤 훈련을 시킨 후 우승컵을 들어올리고 치료제를 받아오겠다?"

"바로 그거야. 똑똑해."

"그럼 신부님이 좀비가 되면 자원하시면 되겠네."

좀비 마라톤

"나는 감염이 되더라도 체력이 안 될 거야. 젊어야지."

"좀비가 체력을 느끼기나 하겠어요?"

"두 다리가 멀쩡하고 가장 잘 뛰는 녀석을 하나 골라 봐.

난 이미 머릿속에 있네만."

"누군데요?"

"레아."

"미쳤어요? 그건 절대 안 돼요."

"자네만이 훈련시킬 수 있어. 여기서 가장 다리가 멀쩡하고 잘 뛰잖아."

"절대 못합니다. 저 이거 시키려고 여기 데려온 거예요?"

"모두를 위한 길이야."

신부님은 자신이 이들을 이곳으로 데려온 이후로 줄곧 그 생각을 하고 있었다고 했습니다. 그리고 지금이 적기라고. 군인들이나 좀비 사냥꾼이 언제 닥쳐올지 알 수 없는 노릇이고 좀비가 점점 늘어나 수용공간도 부족해서 이제는 더 큰 공간으로 이동하거나 다른 방법을 생각해야 한다고 했어요.

무엇보다 지난밤에 쌍둥이 소녀 좀비에게 손목을 물어 뜯긴 후 건강이 안 좋아진 신부님은 자신이 이 일을 더 이상 못하게 될까 봐 불안한 표정이었어요. 아직까진 증상이 나타나지는 않았지만 모두가 신부님이 머지않은 시기에 좀비가 될 거라는 걸 알고 있었죠.

"난 좀비가 될 걸세. 하지만 두렵지 않아.

치료제를 구한다고 하더라도 저들에게 쓰게.

굶기지만 말고. 고기수프만 주면서 데리고 있어 줘."

"당연하죠. 치료제 구하면 애들 먼저고 노약자 먼저고 그다음엔 민간인 먼저고 가장 나중이 종교인이에요. 그냥 어르신한테 가는 순서는 없다고 생각하시고 편하게 좀비로 사세요. 괜한 희망 갖지 말고."

"못된 놈. 구해주었더니."

그날 밤 저는 자다가 깨서 신부님이 침대에서 홀로 고통스러워하며 몸부림치는 것을 보았습니다. 기도를 하면서 온몸을 부르르 떨고 이를 물어뜯으며 버티셨어요. 결국 기도를 하다가 피를 토한 채 쓰러지는 신부님을 저는 가만히 보고만 있었습니다. 저는 가까이 가서 숨소리를 확인하고 신부님이 아직 살아 있다는 것을 확인했습니다. 신부님을 의지한 수많은 사람들이 이곳에 있는데 신부님마저 좀비가 되면 이곳은 누가 이끌어 가야 할지 막막하기만 했어요. 저는 일어나서 그녀가 자고 있는 막사로 가서 그녀의 얼굴을 가만히 바라보았습니다. 좀비들이 아기들처럼 그르렁거리며 잠들어 있었습니다.

"레아야. 네가 만일 지금 내 목소리를 들을 수 있다면 얼마나 좋을까?"

저는 그녀 옆에 잠시 누워 그녀의 뼈만 남은 손가락을 꼭 붙잡고 조용히 중얼거렸습니다.

"네가 옆에 있어줘서 고마워…"

그러곤 숲으로 뛰어가서 저는 태어나서 처음으로 기도를 했습니다. 신부님이 자다가도 악몽을 꿀 때면 일어나서 하시던 그 기도문을 저도 천천히 따라해 보았습니다.

신이여

위험에서 벗어나게 해 달라
기도하지 말고
위험에 처해도
두려워하지 않게 해 달라
기도하게 하소서

고통을 멎게 해 달라
기도하지 말고
고통을 이겨낼 가슴을 달라
기도하게 하소서

생의 싸움터에서
함께할 친구를 보내 달라
기도하는 대신
스스로 힘을 갖게 해 달라
기도하게 하소서

두려움 속에서
구원을 열망하기보다는
스스로 자유를 찾을 인내심을 달라
기도하게 하소서

*

다음 날 아침에도 신부님은 일어나지 못하고 고열로 누워 계셨습니다. 봉사원들이 신부님을 돌봐주었어요. 의식이 없는지 아무 말씀도 하지 못한 채 평온한 얼굴로 침대에 누워 있는 것을 보고 저는 막사를 나왔습니다.

"아마 오래 못 버티실 것 같습니다."

의사 출신의 봉사원이 귀띔을 해주셨습니다.

저는 레아를 따라 숲을 뛰어가고 있습니다. 저는 레아를 붙잡기 위해 자주 뜁니다. 그녀는 좀비가 된 이후 무척이나 뛰는 것을 좋아하는 것 같아요. 숲속 끝까지 그녀를 쫓아가다 보면 숨이 턱턱 막혀 오지만 그녀를 따라 뛸 때가 가장 행복해요. 그녀는 뛰다가 이따금 뒤를 돌아 저를 보고, 다시 뛰다가 저를 보고, 그렇게 저를 기억해내려고 하는 것 같아 저는 뒤따라 가지 않을 수가 없거든요. 우리가 하루 중에 서로를 기억하는 방식은 그게 유일하다는 것을 저는 알고 있습니다. 우리는 고아로 자랐습니다. 각자 고아로 자라다가 서로를 만나 사랑하게 되었습니다. 하지만 우리는 이제 고아가 아닙니다. 우리는 풀숲에 누워 하늘을 바라보았어요. 숨을 헉헉거리면서 저는 그녀의 심장에 가만히 손가락을 갖다 대어보았어요.

저는 그녀를 마라토너로 훈련시키기로 했습니다.

*

사람들이 좀비로 변해 간 지 어느덧 4년이 지나가고 있습니다. 도시는 좀비 바이러스로 인해 예전의 생활로는 못 돌아갈 것 같습니다. 새로운 치료제가 개발되었지만 치료제를 맞지 못한 사람들은 여전히 존재합니다.

수많은 시민들의 항의와 인권단체들의 노력으로 정부도 좀비들의 공격성을 들먹이며 사람들을 공포로 몰아넣는 일은 멈추었습니다. 도시는 겉으로는 다시 평온을 되찾은 듯 보입니다. 아이들은 여전히 공원에서 뛰어놀고 치료제를 예약한 좀비들은 손녀들과 평화롭게 배드민턴을 치고 있습니다. 치료제를 맞은 사람들은 가정으로 다시 돌아와 거울 앞에서 피부가 재생되는 것을 바라보며 미소 짓고, 바이러스에 감염되지 않은 사람들은 불안감을 갖고 살아가지만 언제든 치료제를 맞으면 된다는 희망을 가지고 지냅니다. 누구나 자신도 좀비가 될지 모른다는 마음으로 출근을 하고 퇴근을 하며, 주말에는 산책 나갑니다. 도시에는 좀비들이 서성거리고 있고, 사람들은 좀비들과 섞여서 살아가고 있어요. 하지만 치료제를 구하지 못한 좀비들은 여전히 하늘을 보고 무언가를 중얼거리다가 땅으로 쓰러집니다. 그러면 아무 일도 없다는 듯이 트럭이 와서 그들을 실어갑니다. 마치 정기적으로 요일마다 내다 버리는 쓰레기처럼 그들을 봉지에 수거해가고 누군가는 아무 일도 없다는 듯이 그 옆을 자전거를 타고 지나가며 휘파람을 붑니다. 산책을 하는 좀비, 신호등을 건너기 위해 서 있는 좀비, 택시운전을 하는 좀비, 버스에서 내리는 좀비, 햄버거를 들고 공원에 앉아 있는 좀비, 그리고 그 옆에서 하늘을 보며 중얼거리다가 쓰러지는 좀비들이 섞여 살아갑니다. 우리는 모두 누구일까요? 어디쯤에 와 있는 걸까요? 평온함 속에 상처가 숨어 있습니다.

잘 지내고 있어요. 어쩌면 애초부터 상처 안에는 스스로를 치유할 수 있는 힘이 숨어 있는지도 모르겠습니다. 인간은 대부분 자살을 선택하지 않는다고 해요. 대부분의 인간은 그냥 소멸되어 간다고요. 멀리 빌딩 꼭대기에서 희미하게 좀비 하나가 공중으로 떨어지는 것이 보입니다. 사람들은 잠시 고개를 들어 멀리 공중에 그어지는 빗금 하나를 바라보곤, 무심히 다시 일상으로 돌아갑니다.

"보이나?"
"뭐가요?"
"저 떨어지는 살덩이 속에 박혀 있는 빛 말일세…"
"빛이 보이시나요?"
"눈동자가 보이네."

몇 개월 후 신부님은 하늘나라로 가셨어요. 삽을 들고 밤에 신부님을 도시의 공원에 묻어 드리고 돌아온 날, 저는 빈 도시를 좀비처럼 서성 거렸습니다. 밤이지만 햇볕이 남아 있는 백야가 시작된 여름밤이었습니다. 플라타너스가 이파리들을 흔들고 바람은 차분하고 부드럽게 사람들의 머리칼을 흔들었습니다. 집을 잃고, 고향을 잃고, 가족을 잃고, 연인으로부터 떨어져서 배회하는 좀비들 사이에서 저는 좀비처럼 그들과 함께 걸었습니다. 그들을 따라 계속 걸었습니다. 그러곤 하늘을 올려다보았습니다. 좀비가 된 사람들이 왜 마지막에 하늘을 올려다보며 무엇인가를 중얼거리는지, 그들이 중얼거리는 말들은 무엇인지 조금은 알 것 같았습니다.

*

마라톤 대회에 나가기 위해 좀비들이 모여 있습니다. 맑고 아름다운 날입니다. 그녀가 오렌지색 가발을 쓰고 좀비 행렬에 서 있습니다. 저도 그들 사이에 끼어 좀비처럼 서 있습니다. 아무도 제가 좀비가 아니라는 사실을 알지 못합니다. 아니 그녀만이 알고 있을지도 모릅니다. 그녀는 곧 뛸 겁니다. 끊임없이 제가 따라오는지 뒤를 돌아보면서.

작가후기

이 이야기는 한국메세나협회의 <기업과 예술의 만남> 사업의 지원 결과물로 스토리 작가 그룹 <아이엠 콘텐츠>가 만들어낸 창작물이다.

최근 우리 사회는 코로나를 비롯한 다양한 유행성 전염병 시대를 맞이했다. 전염병의 확산으로 전세계는 커다란 사회변화를 겪고 있으며 지금껏 우리가 살던 시대의 정치, 경제, 사회, 문화의 모든 국면에서 새로운 인식이 필요해졌다. 사람들은 그런 변화에 적응하기 위해 고군분투 중이다. 게다가 무엇보다 이전까지 대면 방식으로 이어져 오던 인간관계의 방식을 비대면이라는 방식으로 전환해야 하는 변화와 요구에 직면해 있다. 인류는 다가올 새로운 시대에 적응하고 살아남기 위해 지금까지 유지해오던 사소한 생활방식부터 사고방식까지, 모든 것을 바꾸어야 하는 시대를 살아가고 있는 것이다. 이 스토리는 비대면 시대에 인류가 맞이할 새로운 인간관계의 방식은 어떻게 나타날까? 인류는 어떠한 인간성으로 새로운 시대를 극복해 나갈까에 대한 상상력이며 그에 대한 질문이다. 살아 있는 생명체 가운데 인간은 가장 빛과 어둠에 약한 존재라고 한다. 어려움 속에서도 상상력을 포기하지 않는 독자들과 나누었으면 한다.

스토리 작가 그룹 <아이엠 콘텐츠> 한제 이

좀비보험

발행일 초판 1쇄 2021년 3월 10일
지은이 한제이
그림 saemster
디자인 이제야 1호점
펴낸곳 출판사 느린숲
주소 서울 특별시 마포구 합정동360-11, 103호
전자우편 studioleejaeya1@naver.com
홈페이지 www.leejaeya.com

ⓒ 한제이, 2021
ISBN 979-11-973870-0-5